Sechste Stunde: polterfrei!

Anneka Driever

6. Stunde: polterfrei!

CHICKEN HOUSE

Für meine Eltern

und für Sabine,
meinen Alphareader

MEIN MANIC MONDAY, TEIL 1

oder: Ein quasi ganz normaler Anfang

»Was sieht er also in ihr?« Frau Lenz wandte sich von der Tafel ab und ließ ihren bebrillten Blick über die Klasse schweifen. Ihr schmaler Mund spitzte sich.

Es war die zweite Woche nach den großen Ferien. Montag, erste Stunde. Erwartete sie da wirklich eine Antwort? Die 7b ließ geschlossen die Köpfe sinken und suchte in stummer Übereinstimmung die Lösung in den Tiefen der Tischplatten.

Hach ja, diese gespannte Stille.

Mit wippendem Fuß betrachtete ich die 32 müden Gesichter, denen das kalte Licht dieses schönen bewölkten Morgens nicht gerade schmeichelte. In meinem Kopf lief die passende Hintergrundmusik an: »Manic Monday« von den *Bangles.*

»Ich wette, keiner von euch hat auch nur die Hälfte gelesen«, murmelte ich und grinste in mich hinein. Konnte ich natürlich gut verstehen. Am Anfang hatte ich es ja auch ganz grauenhaft gefunden. Diese Sprache! Total daneben. Aber so nach und nach hatte ich mich quasi mit ihm versöhnt. Es kam nur auf die richtige Perspektive an. Wenn man's nämlich genau nahm, war er echt zum Schießen! Dieses ganze Ach und Weh, dieser Schmus und diese Übertreibungen – su-per lus-tig.

Werther, der Spinner, und seine ach so schlimmen Leiden, ersonnen vom guten alten Herrn Goethe. Liebeskummer par excellence. Als wäre er der erste und einzige Kerl, der bei einem Mädchen nicht landen konnte. Weltliteratur und wertvoll, kein Zweifel, aber nicht gerade ein tolles Vorbild.

Egal, man musste ihn einfach lieben. Höhö.

Bestimmt waren die meisten hier noch mit ihren Gedanken in den Ferien, ganz einfach. Schule war in ihren Köpfen noch nicht angekommen. Die Realität sah nur leider etwas anders aus. Etwas sehr anders.

Allein schon diese unbequemen Plastikstühle! Grau, genau wie die Tische. Wie die schicken PVC-Böden. Und manche Wände. Die anderen waren kränklich blassgelb. Super motivierende Umgebung, nicht wahr? Aber vermutlich waren alle Schulen so.

Wenigstens sah unser ehrwürdiges Rainer-Maria-Rilke-Gymnasium von außen noch nach was aus. Der imposante Bau mit seinen dunklen Ziegelsteinen, hohen Fenstern und dem breiten Eingangsportal hatte immerhin schon einige Jährchen auf dem Buckel. Nachteil – *großer* Nachteil, da waren sich alle einig – eines so alten Gebäudes: kaum Hitzefrei. Die dicken Mauern hielten das Wetter eben meist draußen.

Dafür sollte man vielleicht mal an die Einführung von Kältefrei denken. Nicht, dass ich hier im Winter frieren würde, aber manch andere waren echt erbärmlich anzusehen. Wenn die Mädchen sich in der Klasse in ihre dicken Schals wickeln mussten, bekam sogar ich das Frösteln (aus reiner Sympathie natürlich).

Da sich momentan in unserer Deutschstunde immer noch nichts tat, lehnte ich mich entspannt zurück, freute mich kurz an dem Glitzern der goldenen Schnürsandalen, für die ich mich heute richtigerweise entschieden hatte, und vertrieb mir dann die Zeit mit Leutebeobachten.

Miri und Jo hielten unter dem Tisch heimlich Händchen. Süß. Anscheinend hatten die beiden sich wieder vertragen. Bestimmt war Jo sowieso noch total selig, dass seine seit der fünften Klasse angebetete Miri-mit-den-schwarzen-Locken ihn überhaupt erhört hatte. Toller Kerl, ehrlich.

Neben Miri saß Sonja und starrte so tief in ihr Buch, als wollte sie Frau Lenz was beweisen. Ihre Füße steckten in den höchsten Plateausandalen, die ich je gesehen hatte. Und das will was heißen!

Am Fenster spielte die schicke Tina, heute ganz in Pink und Weiß, mit ihrem Designerstift, bis er ihr aus den Fingern glitt und klappernd auf dem Boden neben ihrer Designertasche landete. Sie war trotzdem eine ganz Liebe (und mit ihren langen kastanienbraunen Haaren und den Rehaugen quasi mein Lookalike, bloß mit mehr Sommersprossen).

Daneben saß Ben, Charmebolzen Nummer eins der Klasse. Mit blendendem Aussehen gesegnet, inklusive Perlweiß-Lächeln und Wuschelhaaren, dazu noch super sportlich. Schwimmer, soviel ich wusste. Außerdem war er echt nett und nicht auf den Kopf gefallen. Das schelmische Grinsen, mit dem er Tina gerade bedachte, brachte ihm allerdings einen recht finsteren Blick von ihr ein.

Hach ja, Spaß.

»Klara?«

Wie vom Blitz getroffen zuckte ich zusammen und schaute nach vorn. Frau Lenz! Hatte fast vergessen, dass sie noch da war. Die gute Frau versuchte wohl immer noch verzweifelt, so was Ähnliches wie Unterricht zu machen.

»Was meinst du? Warum schenkt Lotte Werther die Schleife?« Frau Lenz gehörte zu den wenigen Lehrern, von denen sich sogar die Oberstufler noch duzen ließen. Mit anderen Worten, sie war echt okay. Bis auf ihren Goethe-Tick vielleicht, den wirklich jeder Jahrgang irgendwann zu spüren bekam, ganz egal, was die Lehrpläne so vorsahen – für bedauernswerte kleine Siebener zum Beispiel.

Interessiert drehte ich mich um. In der letzten Reihe war die arme Klara ganz rot geworden. Hatte sie nicht aufgepasst? Konnte ich mir bei ihr eigentlich nicht vorstellen. Ihre Finger zitterten ein bisschen, als sie sich eine dünne Strähne ihres (natur)blonden Haares hinters Ohr strich. Mann, das Mädel könnte echt mehr aus sich machen. Wo sie doch so schön schlank und zierlich war (im Gegensatz zu meiner – eher kurvigen – Wenigkeit).

Klara räusperte sich leise. »Äh, also …« Aller Augen klebten inzwischen auf ihr. Dadurch wurde sie nur noch nervöser.

»Och, Leute«, rief ich. »Jetzt seid doch nicht immer so zu ihr!« Natürlich hörte keiner auf mich.

Die Arme musste sich ganz schön zusammenreißen. »Also, ich denke, sie weiß schon ganz genau, was Werther für sie empfindet, und …« Frau Lenz nickte aufmunternd und Klara fasste Mut für den nächsten zittrigen Satz. »Und sie will ihn damit ganz bewusst quälen. Sie spielt mit ihm.«

»Gut, Klara«, lobte Frau Lenz.

»Ja, sehr gut!« Ich klatschte in die Hände. »Ganz meine Meinung.« Endlich mal jemand mit Durchblick in dem Verein hier. Zufrieden grinste ich zu Klara rüber. Die senkte mit einem verlegenen Lächeln den Kopf und kritzelte etwas auf ihren Block.

»Das ist aber ganz schön gemein von ihr«, klinkte sich Ben ein. Er schenkte uns sein patentiertes Sonnyboy-Lächeln, als er in die Runde schaute. Tina legte ihren Stift hin und sah ihn schräg von der Seite an. »War ja klar, dass du das denkst.«

»Wieso?«, fragte er, wie üblich die reine Unschuld.

Tina lehnte sich zurück. »Weil du ein Kerl bist.«

»Dann siehst du Lottes Verhalten anders, Tina?« mischte sich Frau Lenz ein.

»Klar. Ich finde, sie ist emanzipiert. Für ihre Zeit zumindest. Sie lässt sich von den Typen nicht verrückt machen, sondern sie hält die Fäden in der Hand.«

»Nicht schlecht«, stimmte ich ihr zu.

So langsam kam die Sache ins Rollen und wir zerpflückten Lotte noch ein bisschen mehr, ehe es zur großen Pause schellte. Unter lautem Gerummel und Stuhlgeschiebe packte die Klasse fix ihren Kram ein. Alle wollten mehr oder weniger gleichzeitig aus der Tür stürmen, aufs Klo, nach draußen in die Wärme oder zum Kiosk.

Nichts für mich, so ein Gedrängel. Elegant schwang ich mich von meinem Stuhl und ging einfach durch die Wand.

Mein Manic Monday, Teil 2

oder: Warum man immer aufpassen sollte, wo man so reinläuft

Auf der anderen Seite der Wand lag der Kunst-Flur (so genannt, weil er zum Kunstsaal auf derselben Etage führte – weswegen man hier auch immer die neuesten kreativen Früchte aus dem Unterricht bestaunen konnte, fast wie in einer hauseigenen Galerie). Zunächst streckte ich mal meinen Kopf rein und sondierte die Lage, denn der Flur füllte sich nun schnell mit Leuten, die aus den Klassenräumen strömten und nach draußen auf den Hof drängten. Da keiner auf mich zukam, stieg ich ganz durch die Wand. Für einen Moment blieb ich einfach, wo ich war, und genoss den Lärm und das Gewimmel. War ich froh, dass die Ferien vorbei waren! Sechs Wochen Stille und nur ein paar Lehrer, die sich aufs nächste Schuljahr vorbereiteten, das war wieder mal kaum zum Aushalten gewesen, ehrlich.

Nachdem der schlimmste Ansturm vorbei war, machte ich mich gemütlich auf den Weg zum Glaskasten, wo die brandneuen Stundenpläne hingen. Geschickt wie ein Slalomläufer manövrierte ich mich um die herumstehenden Leute, nur einmal kriegte ich einen hervorschießenden Ellbogen ab, der durch meine Schulter hindurchglitt. Schauder.

Da würde ich mich wirklich nie dran gewöhnen. Auch nach all den Jahren ging ich immer noch nicht gern durch andere Menschen – oder besser, durch Menschen durch. Ich fand das nach wie vor unangenehm und versuchte solche Vorfälle wie eben händeringend zu vermeiden. Dieses Gefühl von weichem, warmem … Gewebe – oder was auch immer. Buäh! Eklig!

Dann lieber Wände. Die waren zwar meistens eiskalt, außer im Hochsommer, aber dafür trocken. Und sie blieben schön vorhersehbar an Ort und Stelle. Ganz klare Vorteile.

Auf dem Geländer der Wendeltreppe rutschte ich eine Etage tiefer. Den Nebeneingang ließ ich buchstäblich links liegen und schlenderte durch den Fischi-Flur (wegen des Aquariums, das dort in die Wand eingelassen war. Meine Idee übrigens. Also, der Name, nicht die Sache mit dem Aquarium). Auch der war inzwischen fast leer, während vom Hof Stimmen und Gelächter hereindrangen. Die Sonne kam raus und tauchte den Flur in strahlend blattgrünes Licht. So wirkten die Schatten noch dunkler, als ich am Ende des Gangs links abbog und durch die Eingangshalle mit den dicken Pfeilern lief (unsere Pausenhalle, wegen des Wetters aber heute ebenfalls fast leer). Ohne groß drüber nachdenken zu müssen, machte ich einen Schlenker um *die Stelle* und erreichte – Seitenblicke vermeidend – den Glaskasten.

Mal sehen, was gab es denn Interessantes … Gerade hatte ich mich für Chemie in der Elften bei Herrn Blümchen (Spitzname meinerseits) entschieden, da flog die Tür neben dem Glaskasten auf und Herr Schetzlein (der allerdings wirklich so hieß) stürmte auf den Flur, wo er schnurstracks den Weg zum Sekretariat einschlug.

»Was haben Sie es denn so eilig, Herr Schetzlein?«, rief ich ihm überrascht hinterher.

Für einen stellvertretenden Direx war der Mann wirklich viel zu jung. Seit den Ferien sah ich ihn nur noch planlos hin und her rennen. Hatte schon richtig Mitleid mit ihm. Wenn der also zur Abwechslung mal zielstrebig wirkte, musste was im Busch sein. Neugierig geworden nahm ich die Verfolgung auf. Mit viel Glück wischte ich gerade noch durch die Tür, ehe sie hinter Herrn Schetzlein zuschlug. Man musste es schließlich mit den Wänden nicht übertreiben.

»Haben Sie die Eltern angerufen?«, fragte er ohne höfliche Umschweife.

Frau Mertens, unsere friesische Sekretärin, die sich von nichts und niemandem aus der Ruhe bringen ließ, wölbte eine ihrer blonden Brauen. Der Moment zog sich. »Da geht keiner ran«, verkündete sie.

»Ach so.« Herrn Schetzlein schien der Dampf schon wieder ausgegangen zu sein. Er raufte sich die Haare.

»Worum geht's denn überhaupt?«, fragte ich. Das Sekretariat sah aus wie immer, nichts, woraus sich schließen ließ, was Sache war. Ich wippte ein bisschen auf den Zehen auf und ab und summte so vor mich hin, bis daraus »Help me, Rhonda« von den *Beach Boys* wurde.

»Wo ist der Junge denn jetzt?«, fragte Herr Schetzlein. War wohl endlich mit Haareraufen fertig. Sein blonder Krauskopf hatte ziemlich gelitten.

Mit zusammengekniffenen Augen beugte ich mich vor. »Sagen Sie mal, hilft Ihnen das eigentlich echt beim Denken?«

»... Lehrerzimmer«, hörte ich Frau Mertens ihren Satz beenden.

Ups, eine Sekunde nicht aufgepasst und schon was verpasst! Jetzt hieß es Ohren spitzen.

»Ja, also, dann geh ich da mal hin«, brummte Herr Schetzlein, wenig begeistert. »Und Sie versuchen es bitte weiter bei den Eltern.«

Frau Mertens nickte gnädig und er wuselte wieder aus der Tür. Gut gelaunt hüpfte ich hinter ihm her, die Treppe rauf zum Lehrerzimmer.

»Hat wer was ausgefressen?«

Er runzelte die Stirn. Sah ernst aus.

»Schlägerei?«, riet ich.

Das Stirnrunzeln vertiefte sich.

Als uns von oben eine Horde Schüler entgegenstürzte,

nutzte ich seinen Windschatten und blieb da, bis wir das Lehrerzimmer erreichten. Gekonnt wand ich mich hinter ihm durch den Türspalt und bezog direkt neben der Tür Aufstellung.

Uns bot sich eine höchstinteressante Szene. In der Mitte des Lehrerzimmers stand ein großer Tisch, für Konferenzen und so. Dahinter waren hohe Fenster, die zum Hof rausgingen. Helles Morgenlicht schien herein, trotz der uralten orangefarbenen Gardinen, in denen sich Unmengen von Staub angesammelt hatten.

Links vom Tisch kniete Frau Angensund vor einem kleinen blonden Jungen mit großer Brille und versorgte seine blutende Nase. Aha. Also doch Schlägerei. Rechts nämlich saß ein zweiter Junge, ohne blutende Nase, aber mit verschränkten Armen. Herr Bossels, frisch ernannter Klassenlehrer der 5b, stand mit bekümmerter Miene daneben.

»Die Opfer- und Täterrollen sind damit schon mal verteilt«, sagte ich.

Herr Schetzlein ging zu Frau Angensund. »Wie schlimm ist es?«

»Halb so wild«, antwortete sie ruhig.

»Das sieht er sicher anders«, meinte ich und deutete auf das Opfer.

Ich schaute ihn mir genauer an. Die Fünfer wurden echt jedes Jahr kleiner. Kopfschüttelnd ging ich zu dem anderen Jungen, der genau genommen auch nicht viel größer war.

Dünn und drahtig. Sah nicht gerade wie ein Schläger aus. Ich beugte mich runter und guckte ihm in die Augen. »Keine zwei Wochen da und schon Ärger am Hals. Da hatte es wohl jemand eilig, in die Geschichtsbücher zu kommen, was?«

Stur stierte er geradeaus.

»Soso, einer von der ganze harten Sorte.« Ich pustete ihn kurz an. Er zwinkerte. Seine Nase zuckte und für einen köstlichen Augenblick guckte er recht verwirrt. »Sorry, Kleiner.« Normalerweise machte ich mir ja nichts aus solchen Klischees, aber hin und wieder startete ich kleinere … *Aktionen.*

Mit Schwung rollte ich mich auf den Tisch, landete gekonnt im Schneidersitz und legte die Hände aneinander. »Okay, Leute«, rief ich der versammelten Mannschaft zu, »dann legen wir doch mal los. Mögen die Spiele beginnen!«

Natürlich hörte keiner auf mich, wie immer. Stattdessen tigerte Herr Schetzlein eine Weile auf und ab, die rechte Hand am stoppeligen Kinn, selbiges kraulend. Ich tippte mit dem Zeigefinger auf die Tischplatte. »Heute noch, wenn's geht. Wir werden alle nicht jünger. Außer mir natürlich. Für immer sechzehn!« Meine fröhlich in die Luft gereckte Faust interessierte auch keinen, aber das war mir egal. Das Ganze hier schien durchaus unterhaltsam zu werden, nur beeilen konnten sich die Herrschaften mal. Die beiden Knirpse taten mir nämlich leid.

Endlich schritt Herr Schetzlein nicht mehr auf und ab, sondern zur Tat. »Frau Angensund«, sagte er leise, »bringen

Sie den Jungen doch runter ins Sekretariat und lassen die Eltern noch mal anrufen. Ich denke, es hat keinen Sinn, ihn heute noch in den Unterricht zu schicken.«

Nachdem die beiden rausgegangen waren, wandte er sich dem kleinen Übeltäter zu. »Roman, kannst du mir erklären, warum du das getan hast?«

Der Kleine guckte weiter stur geradeaus. Herr Bossels legte ihm die Hand auf die Schulter. »Komm schon, Junge.«

Roman zog die Brauen zusammen, in seinen kohlschwarzen Augen blitzte Wut. »Der hat mich beleidigt.«

»Das ist alles?«, bohrte Herr Schetzlein nach. Roman nickte.

»Und deswegen wirfst du einen Stein nach ihm?«

»Einen Stein?«, entfuhr es mir. Der Kleine presste die Lippen aufeinander.

Ich rutschte von der Tischkante und hockte mich vor ihn hin. »Sag mal, so brutal siehst du gar nicht aus.«

Mit schief gelegtem Kopf musterte ich ihn. Blasses, schmales Gesicht, große Augen, schwarze Strubbelhaare. Im Laufe der Jahre hatte ich hier wirklich so einiges an Schlägereien mitgekriegt. Nur ganz selten waren da echte, gemeine Schlägertypen dran beteiligt. Mit einem Stein auf einen anderen loszugehen, war natürlich schon ein ziemlicher Brocken. Trotzdem, irgendwas in Romans angespanntem Gesicht sagte mir, dass noch mehr dahintersteckte.

Herr Schetzlein fuhr sich müde über sein fahles Gesicht.

»Na gut, das war's dann erst mal. Geh zurück in deine Klasse. Wir werden deine Eltern benachrichtigen. Vielleicht müssen sie auch mit dem Direktor sprechen, das werden wir sehen.«

Roman stand auf. So klein war er ja gar nicht! Donnerwetter. Mit *den* langen Beinen überragte er sicher all die Zwerge in seiner Klasse. Wie dem auch sei, mich hatte die Neugier gepackt. Aus mir wäre bestimmt mal eine gute Reporterin geworden. Jedenfalls heftete ich mich für die nächsten vier Stunden an Romans Fersen. Ich wollte rausfinden, was da um ihn und in ihm vorging. Also wanderte ich hinter ihm her zu den Fünfern ins Erdgeschoss. Als er in die Klasse kam, guckten ihn erst alle komisch an, ehe sie ihn nach Strich und Faden ignorierten.

»Sieht nicht so aus, als hättest du schon Freunde gefunden«, meinte ich, während er an seinen Platz in der letzten Reihe schlurfte. Ich suchte mir ein nettes Fleckchen auf der Fensterbank, wo mir die Sonne den Rücken wärmte (zumindest in meiner Vorstellung) und beobachtete den Kleinen.

Erdkunde und Geschichte gingen vorbei. Roman schrieb alles mit, meldete sich aber nie. Um mir die Beine zu vertreten, schaute ich ihm zwischendurch über die Schulter. Als Frau Rieben-Esselsstein (kein Kommentar!) etwas fragte, schrieb er sogar sofort die richtige Antwort auf. Römische Göttin des Herdes: Vesta.

»Hey, du weißt es doch, warum meldest du dich denn

nicht?«, sagte ich zu ihm und gab ihm einen Stups. Abwesend rieb er sich die Schulter, rührte sich sonst aber nicht.

»Na, du bist mir schon einer.« Ich verschränkte die Arme. »Dumm bist du jedenfalls nicht.«

Weder zwischen den Stunden noch in der kleinen Pause um halb zwölf sprach irgendeins der anderen Kinder mit ihm. Komisch. War selten, dass es so einen richtigen Außenseiter gab. Gerade die Kleinen waren doch immer ziemlich kontaktfreudig und Romans Klasse machte auf mich einen ganz normalen Eindruck. Keine besonders gemeinen Kinder oder so. Während sie in Physik schwitzten, drehte ich mal eine Runde und guckte mir alle genauer an. Dazu war ich bisher noch gar nicht gekommen. Meistens warf ich nur am ersten Schultag einen Blick drauf und schaute sie mir dann in den folgenden Wochen in Ruhe an.

Seit zwei Jahren hatte ich sowieso meine Lieblingsklasse, bei der ich den größten Teil des Schultags verbrachte, und das war die jetzige 7b. Und genau dahin ging ich auch wieder, als die sechste Stunde vorbei war und Romans Klasse Schluss hatte. Die Hände auf dem Rücken tappte ich zum Kunst-Flur, ohne groß auf meine Umgebung zu achten. In Gedanken war ich immer noch mit Roman beschäftigt. Was könnte mit dem Kleinen los sein, dass ihn keiner mochte? Mir schien er so weit ganz in Ordnung. Bisschen still vielleicht.

»O nein! Mist!«

Direkt vor meiner Nase knallte und raschelte es und als

ich nach unten guckte, kniete Klara vor mir auf dem Boden. Mit hochrotem Kopf raffte sie Bücher und viele lose Seiten zusammen. An den Fensterbänken standen ein paar Jungs, aber niemand machte Anstalten zu helfen.

»Meine Güte, keine Kavaliere mehr heutzutage«, rief ich erbost und fuchtelte in Richtung der Kerle. So was regte mich auf. »Hilft ihr vielleicht mal einer von euch Waschlappen!«

»Danke, es geht schon«, murmelte Klara.

»Höh?« Perplex sah ich zu ihr hinunter.

Sie schaute auf. Direkt in meine Augen.

»Kennen wir uns?«

MEIN MANIC MONDAY, TEIL 3 (DER LETZTE, VERSPROCHEN)

oder: Warum man seinen Kopf nicht durch Klotüren stecken sollte

Sie sah mich an.

Sie. Sah. Mich. An.

Mich.

Mich!

MICH!

»Was?«, fiepte ich schließlich reichlich unintelligent.

Sie blinzelte und schien sich zu fragen, ob ich irgendwie schwer von Begriff sei. Was im Moment definitiv zutraf.

Nach einer gefühlten Ewigkeit fischte ich ein paar Worte aus dem Wirbelsturm in meinem Kopf. »Du … du *siehst* mich?«, piepste ich.

Ihre Brauen zogen sich zusammen und mit einem finsteren Blick stopfte sie die Sachen zurück in ihre Tasche. »Sehr lustig.« Und damit ließ sie mich stehen. Genauer gesagt, sie lief *um mich herum*. Sie lief tatsächlich UM MICH HERUM!

Total verdattert stand ich da. Für noch eine gefühlte Ewigkeit. Dann drehte ich mich um und rannte ihr nach. »Klara! Klara, warte!«

Ganz knapp erwischte ich sie an der Tür zum Mädchenklo, das gleich um die Ecke lag. Stirnrunzelnd wandte sie sich mir zu. »Du kennst mich?«

»Ja«, rief ich, überschäumend vor Begeisterung, Glück und Aufregung. Klara schreckte merklich zurück. Holla, nicht gut. Musste mich unbedingt beruhigen. »Ich meine, nein – oder, äh … so halb?«

Mein schiefes Grinsen steckte sie nicht an.

»So einen Quatsch muss ich mir nicht geben.«

Oha, jetzt war sie sauer. Ohne mich eines Blickes zu würdigen, rauschte sie durch die Tür. Ich hinterher.

»Es tut mir leid«, versuchte ich es weiter. »Ich will dich nicht auf den Arm nehmen, ehrlich! Gib mir nur eine Minute und ich erklär dir alles.«

Sie hatte ihre Hand schon an der Klinke einer Kabinentür. »Was, alles?«

»Na ja, wer ich bin und was ich hier mache und so …« Unter ihrem kühlen Blick wurde ich immer leiser.

»Und?«, fragte sie. Ich konnte ihr ansehen, dass sie keinen Schimmer hatte, was sie von der ganzen Sache halten sollte.

Okay, meine Chance. Hier war behutsames Vorgehen gefragt. »Ich heiße Nelly Jansen und ich … gehe quasi auch aufs Rilke.«

»Quasi?«, wiederholte Klara. »Wie kann man denn *quasi* auf eine Schule gehen?«

»Na ja …« Wie sollte ich das am besten erklären? Auf so eine Situation war ich überhaupt nicht vorbereitet, hätte ja nie und nimmer gedacht, dass mich mal jemand sehen würde. Zumindest nach den ersten fünf Jahren oder so hatte ich die Hoffnung darauf komplett aufgegeben. Und hier stand nun ein intelligentes Mädel von dreizehn Jahren vor mir, das … mir kein Wort glauben würde.

»Na gut, es hilft ja alles nichts«, meinte ich, mehr zu mir selbst. Dann schaute ich Klara geradewegs in die Augen und sagte mit allem gebotenen Ernst: »Ich bin ein Geist.«

Sie starrte mich an.

Hoffentlich brachte mein Gesicht meine ganze Ehrlichkeit zum Ausdruck, alles, was ich an Glaubwürdigkeit hatte, jedes noch so kleine Fitzelchen. Und mein stummes Flehen. Ich wollte so sehr, dass sie mir glaubte. So sehr.

Sie öffnete den Mund. »Klar.« Und schloss die Tür hinter sich ab.

Na toll. Wie versteinert stand ich da. Ich hatte absolut keine Ahnung, was ich jetzt tun sollte. Einfach den Kopf durch die Tür stecken und »Guckuck« rufen?

Ganz ehrlich: Was anderes fiel mir auf die Schnelle beim

besten Willen nicht ein. Ich hörte, wie sie ihre Tasche auf den Boden stellte. Okay, jetzt oder nie, sonst würde es echt peinlich werden. »Entschuldige«, rief ich noch schnell, bevor ich mich vorlehnte und den Kopf zu ihr in die Kabine schob. Wie von der Tarantel gestochen fuhr sie herum und ließ ihre Jacke fallen.

Die von mir erwarteten Reaktionen blieben aus. Sie schrie nicht. Sie kreischte nicht. Sie fiel (Gott sei Dank) nicht in Ohnmacht. Aber sie sagte auch nichts. Stattdessen stand sie einfach nur da, mit diesen weit aufgerissenen Augen. Ihre Iris war fast komplett von Weiß umgeben. Ich war mir nicht ganz sicher, aber sie schien auch nicht zu atmen. Das machte mir etwas Sorgen, denn: Gesellschaft, ja gerne, nur bitte nicht von meiner Sorte. Also fasste ich sie vorsichtig an den Schultern. »Klara?«

Das war bestimmt der Schock. Wie gesagt, ich hing immer noch halb in der Tür. Sanft schüttelte ich sie (soweit mir das möglich war). »Klara? Sag doch was, bitte.«

»La-«, setzte sie an. Ihre Stimme war kaum zu verstehen.

»Ja?«

»Lass mich los!« Sie hauchte es nur, aber sie hätte es auch schreien können, es hatte denselben Effekt. Sofort zog ich meine Hände zurück und meinen Oberkörper aus der Tür. Von der anderen Seite konnte ich ihren Atem hören. Sonst nichts. Ich blieb ganz still.

Plötzlich Rascheln, Rütteln und Klappern. Die Tür flog

auf und Klara stürzte raus, schnurstracks an mir vorbei. Als wäre der Teufel hinter ihr her. Ich blieb, wo ich war.

Zu geschockt, um mich zu bewegen.

Zu geschockt, um zu denken.

Wie sie mich eben angesehen hatte …

Voller … Angst.

Sie hatte Angst vor mir gehabt. Eine Hei-den-angst.

Ich sank in die Hocke und umklammerte meine Knie. Mir war gar nicht gut.

»Klara war's nicht gut. Ist nach Hause gegangen.«

Herr Blümchen (sein Vorrat an Blümchenkrawatten war einfach unerschöpflich – richtiger Name übrigens Faaßen) nickte Elena zu und vermerkte was in seinem Heft.

In der letzten Reihe des kleinen Chemiesaals saß ich mit angezogenen Knien auf dem Tisch. »Mist«, murmelte ich, »Mist, verdammter.«

Meine vage Hoffnung, dass Klara trotzdem zum Unterricht kommen würde, hatte sich damit zerschlagen. Klang jetzt vielleicht merkwürdig, aber so unwahrscheinlich war das gar nicht gewesen. Schließlich kannte ich Klara seit der Fünften. Schule war voll ihr Ding. Sie lernte gerne, war ehrgeizig und pflichtbewusst. Schwänzen kam für sie normalerweise absolut nicht in Frage. In einem Wort: Streberin. Nur, sie war nie von der arroganten Sorte gewesen, hatte nie mit ihrem Können angegeben. Im Gegenteil, sie war eher so ein graues

Mäuschen. Man übersah sie schon mal schnell, auch wenn man im selben Raum mit ihr war.

Obwohl sie in meine Lieblingsklasse ging, wusste ich so gut wie nichts über sie. Wie das halt so ist, man hat immer ein paar Lieblinge, die einen am meisten interessieren. Fast wie bei einer Fernsehserie. Klara war für mich bisher mehr eine Nebenfigur gewesen, eine liebenswerte zwar, aber eben doch eine Nebenfigur, mit der ich mich nie richtig beschäftigt hatte. Das rächte sich jetzt. Ich hatte absolut keine Idee, wie ich mich ihr nähern sollte, ohne sie wieder zu verjagen.

Wie ich nun so im Chemiesaal hockte, auf den leeren Schulhof starrte und meinem Lieblingsthema Kohlenhydrate nur mit halbem Ohr lauschte, fragte ich mich ernsthaft: Sollte ich ihr überhaupt wieder gegenübertreten? Immer wieder sah ich ihre großen grauen Augen vor mir, weit aufgerissen, wie ein Kaninchen vor der Schlange.

Noch nie hatte ich jemandem Angst gemacht. Noch nie! In meinem ganzen Leben nicht. Und in meinem – sehr viel längeren – Nachleben auch nicht, obwohl das ja viel wahrscheinlicher gewesen wäre. Ich war ein netter Mensch! Gewesen.

Also, Mensch jetzt.

Was zum Donner sollte ich nur tun?

Die nächsten drei Tage verbrachte ich fast komplett auf dem Kunst-Flur. Irgendwann musste Klara einfach wieder hier auftauchen. Dachte ich zumindest.

Tja. Falsch gedacht. Sie kam nicht.

»O Mann, o Mann, Klärchen, was hab ich dir nur angetan?«, seufzte ich am Donnerstagabend, nachdem auch die Letzten gegangen waren. Betrübt schlurfte ich auf und ab, bis ich die Putzfrauen hörte. Da setzte ich mich immer ganz gern dazu, die erzählten sich meistens interessante Sachen. Sachen, die man von Schülern nicht unbedingt zu hören bekam. So hatte ich damals direkt mitgekriegt, dass die RAF-Terroristen endlich gefasst worden waren oder die Mauer gefallen war, und musste nicht erst darauf warten, bis das Ganze irgendwann mal in Geschichte drangenommen wurde.

In der Hoffnung, auf andere Gedanken zu kommen, folgte ich unserer Putzkolonne durch die ganze Schule, von der ersten bis zur letzten Etage. Nachdem sie weg waren und der Hausmeister alles abgeschlossen hatte, war ich endgültig allein. Wenn man mal von den drei Goldfischen auf dem Fischi-Flur absah. Sie hießen Bummi, Karen und Maurice. Jedenfalls für mich. Nach meinen Lieblingsbüchern, meiner Lieblingssängerin (Carpenter!) und meinem Lieblings-*Bee-Gee*. Jap. Was war das damals toll gewesen, als ich mit meiner besten Freundin Irmi in unserer (mit Eierkartons gedämmten) Partygarage saß und »Please Mr Postman« volle Kanne aus den Lautsprechern dröhnte …

Seufzend lehnte ich mich neben das Aquarium. Die neue Pumpe summte leise. Rabea und ihre Freundinnen hatten sie letztes Jahr gekauft, als sie in der AG an der Reihe waren, sich um die Fischis zu kümmern. Das gefilterte Wasser gluckerte fröhlich und die Fischis gulpten vor sich hin.

»Ihr könnt mir auch nicht weiterhelfen, oder?«, fragte ich sie, mit dem Gesicht vor der Scheibe.

Maurice hatte sich in der künstlichen Felsenhöhle versteckt. Stumm gulpte er mich an.

»Mir muss irgendwas einfallen«, fuhr ich fort. »Morgen sollte sie eigentlich wiederkommen. Man darf nämlich nur drei Tage unentschuldigt fehlen.«

Bummi schwamm an meiner Nase vorbei. Ihre fächerartige Schwanzflosse wedelte mir zu, als wollte sie sagen: »Das wissen wir doch, wir sind schließlich nicht erst seit gestern hier.«

»Ich weiß, ich weiß, tut mir leid«, erwiderte ich. »Ich geh mal ein bisschen frische Luft schnappen, vielleicht hilft das ja. Bis später, Fischis!«

Mit einem Winken verabschiedete ich mich. Dann nahm ich etwas Anlauf, stieß mich kräftig ab und sprang durch die Decke. Elegant segelte ich in den Kunst-Flur und wiederholte das Ganze. Manchmal war es schon ganz praktisch, so zu sein. Jedenfalls, wenn man mal keine Lust zum Treppensteigen hatte. Ich schlug jeden Aufzug!

In der obersten Etage trat ich auf den Balkon und kletterte aufs Dach. Von hier oben konnte ich die ganze Stadt sehen. Im Westen ging gerade die Sonne unter. Im Osten erstrahlte die goldene Kugel auf der Spitze des Kirchturms in ihrem

Licht wie orange-gelbe Lava. Genüsslich streckte ich mich und betrachtete, die Hände in die Hüften gestemmt, das Panorama. Damals, als ich hier gelandet war, hatte ich schnell gemerkt, dass ich das Schulgebäude nicht verlassen konnte. Nur hier oben kam ich ins Freie. Konsequenterweise war Sternebeobachten mein Hobby geworden, obwohl ich früher nie was darum gegeben hatte. Aber man nimmt halt, was man kriegt.

Ein Flugzeug zog weit über mir einen weißen Streifen über das Abendblau. Ich legte beide Hände um meinen Mund und schrie mit aller Kraft: »Haaaaaallooooooooooooo! Hier bin ich! Könnt ihr mich sehen?« Anschließend winkte ich energisch, hüpfte auf und ab, winkte noch etwas mehr, bis ich lachen musste. Das erste Lachen in drei Tagen.

»Also schön«, sagte ich zur Venus, die funkelnd in der Dämmerung auftauchte, »morgen kommt Klara wieder. Sofern sie sich nicht freiwillig hat einweisen lassen.« Der Gedanke beunruhigte mich schon ziemlich. So was würde ich mir nie verzeihen.

»Positiv denken«, ermahnte ich mich mit hochgerecktem Zeigefinger. »Sie kommt morgen wieder. Dann muss ich vorbereitet sein. Ich brauche einen Plan, eine Strategie. Ich muss ihr klarmachen, dass ich nicht gefährlich bin. Dass ich ihr nichts tun will.«

Ich balancierte auf Zehenspitzen über den Dachfirst und dachte nach. »Andererseits …« Abrupt blieb ich stehen.

»Vielleicht sollte ich sie doch besser in Ruhe lassen? Nicht, dass sie tatsächlich denkt, sie wäre nicht mehr ganz dicht.«

Die Dohle, die vor mir auf dem Schornstein hockte, legte den Kopf schief. Ihre Knopfaugen glänzten im letzten Sonnenstrahl.

»Vielleicht wäre das wirklich das Beste …«

Ratlos kehrte ich wieder um. Das würde eine lange Nacht werden.

STALKEN FÜR ANFÄNGER OHNE KÖRPER

oder: absolut altmodisch, aber unsagbar unschlagbar

Freitagmorgen, zehn vor acht. Da war sie.

Unruhig sah sie sich um und überquerte mit schnellen Schritten die Straße. Vorm Haupteingang zögerte sie einen Moment, dann ging sie rein.

»Ja!« Ich reckte die Faust. »Okay, jetzt geht's los.« Von meinem Beobachtungsposten in der prachtvollen Aula sauste ich in weniger als zehn Sekunden runter in den Kunst-Flur. Dank meines Geheimtricks: einfach durch den Boden fallen lassen. War zwar kalt und steinig, aber heute egal. Mit einem Satz landete ich punktgenau – direkt neben Daniel. Erschrocken ruderte ich mit den Armen, um mein Gleichgewicht wiederzufinden.

»Hier, das ist für dich.« Sein dünner Arm streckte sich, in der Hand eine Kamera haltend. Alles drei – Kamera, Hand, Arm – ging durch mich durch.

»Guaah«, machte ich entsetzt und krümmte mich.

Elena nahm die Kamera. »Wie alt ist *die* denn?«

»Schon ein paar Jahre. Sorry, 'ne bessere ist gerade nicht drin.«

»Na ja, warten wir mal ab, wie die Bilder werden.«

Die beiden zogen ab.

»Daniel, musste das sein?«, jammerte ich und schüttelte mich. Buäh, eklig … Aber jetzt bloß nicht ablenken lassen, Nelly!

Ungeduldig wartete ich auf eine Lücke im Strom der Schüler, der sich an mir vorbeischob. Zwei große Schritte und ich stand in dem dunklen, tunnelartigen Gang, der zu den Jungenklos führte. Hier presste ich mich an die Wand, machte mich so platt wie möglich, damit mich keiner sah. Sprich, damit Klara mich nicht sah. Denn meine Mission hieß: Beobachten.

Letzte Nacht war ich zu dem Schluss gekommen, erst mal die Lage zu sondieren. Gucken, wie es Klara ging. Davon ausgehend wollte ich weiterplanen. Mein Ziel war mir allerdings inzwischen vollkommen klar: Kontakt aufnehmen. Es war doch bestimmt kein Zufall, dass mich nach all den Jahren plötzlich jemand sehen konnte! Das war einfach eine absolut einmalige Chance für mich. Vielleicht war ich egoistisch. Aber, ganz ehrlich, nach mehr als dreißig Jahren ohne jemanden zum Reden durfte ich mir ja wohl ein kleines bisschen Egoismus erlauben. Oder?

Aufgeregt wartete ich im Schatten. Verstecken spielen! Ganz neue Erfahrung für mich (jedenfalls seit ich hier war).

Da! Klara lief an mir vorbei, mit gesenktem Kopf, als wollte sie nichts sehen. Na gut, sollte sie ja auch erst mal nicht. Still wie die Nacht wischte ich zur anderen Seite des Gangs. Zentimeter für Zentimeter schob ich meine Nase um die Ecke. Mit einem Auge lugte ich in den Kunst-Flur. Klara ging – wie erwartet – in den mittleren Klassenraum, wo die 7b residierte. Langsam und vorsichtig schlich ich an der Wand entlang auf die offene Tür zu, bereit, mich jederzeit durch die Mauer zu werfen, sollte Klara wieder rauskommen. Wie ein Indianer auf der Lauer spähte ich durch den schmalen Spalt zwischen Tür und Türrahmen. Klara saß wie immer in der letzten Reihe. Sie packte gerade ihre Sachen aus.

Ben, Rabea und ein paar andere waren auch schon da, redeten und lachten. Klara beteiligte sich nicht daran. Das musste allerdings nicht an mir liegen, schon gegen Ende der Sechsten war sie ziemlich einzelgängerisch geworden – seit sie nicht mehr mit Tanja befreundet war.

Das Dumme war jetzt, dass ich mich in der Klasse nicht verstecken konnte, um sie weiter zu beobachten. Höchstens unterm Pult … Nein, da würde sie zumindest meine Füße sehen. Außerdem stand Erdkunde bei Herrn Heumann auf dem Plan. Der gehörte zu den Lehrern, die sich immer hinsetzten (und anderer Leute Füße in sich drin zu haben war nicht gerade ein Traum). Verstecken unterm Pult fiel also flach.

Hmm …

Wenn ich mich vielleicht *in* die Wand stellte und dann zwischen den Ritzen der Tafelteile durchspinste? Das wäre zwar auf die Dauer ganz schön ungemütlich, andererseits müsste ich ja auch nicht ewig da stehen. Ein paar Minuten würden schon reichen.

Plötzlich wurde die Tür mit Schwung herumgerissen und knallte zu. Huch, ich hatte Herrn Heumann gar nicht bemerkt! War der Mann schnell.

Für eine Weile stand ich draußen vor der Tür und tappte mit dem Fuß auf den Boden. Der Flur leerte sich, gleich begann die erste Stunde.

»Dann mal los, Nelly«, redete ich mir selbst gut zu. »Versuch macht kluch.«

Mit geballten Fäusten schob ich mich in die Wand. Kein gutes Gefühl, wenn man da drinbleibt. Als würde man selbst zu Stein und Mörtel.

Schätzungsweise drei Schritte musste ich wohl machen, um genau hinter der Tafel rauszukommen. Es knisterte in meinen Ohren, als ich mich vorantastete und dann meine Nase langsam ins Freie streckte. Perfekt! Ich stand direkt hinter dem ausgeklappten Teil der Tafel. Noch ein Stück nach rechts und ich konnte durch den Spalt gucken. Jetzt hatte ich Klara im Blick, auch wenn Rabea mir zum Teil die Sicht versperrte.

Herr Heumann dozierte mit seiner volltönenden Stimme

über Weltwirtschaft und Bruttosozialprodukt und keine Ahnung was noch. Das war für mich im Moment echt uninteressant. Ich konzentrierte mich voll und ganz auf Klara. Das arme Mädel sah blass aus, aber das konnte auch an dem fürchterlichen Licht liegen (das schadete einfach jedem Teint). Ausdruckslos schaute sie nach vorne, zu Herrn Heumann.

»Klara?«

Ich zuckte zusammen.

Klara ebenfalls. »Ja?«

»Was sagst du dazu?«

Automatisch wanderte ihr Blick zur Tafel. Leider hatte Herr Heumann bisher noch gar nichts angeschrieben und so war die Antwort dort nicht zu finden. Hilflos starrte sie ihn an und wurde knallrot – natürlich. Sie hatte tatsächlich nicht aufgepasst. Premiere. Jetzt wusste ich mit absoluter Sicherheit, dass sie von meinem Auftritt am Montag noch mitgenommen war.

Herr Heumann räusperte sich. Ich konnte mir direkt seinen Blick unter den buschigen Brauen vorstellen, plus diesen strengen Zug um den Mund, den er in solchen Situationen immer bekam.

»Ich würde es begrüßen, wenn du dem Geschehen hier etwas mehr Aufmerksamkeit schenken könntest.«

Klara nickte, stumm, beschämt und reumütig. Den Rest der Stunde würde sie aufpassen und den Ball flach halten.

Als es mir in der Wand zu unbequem wurde, machte ich einen Schritt rückwärts und stand direkt im angrenzenden Klassenraum. Hier war gerade Mathe im Gange. So schnell wie möglich nahm ich Reißaus (diesmal aber durch die Tür).

Auf dem Flur knallte jetzt die Sonne. Die Schatten der Sprossenfenster zeichneten ein Kastenmuster auf den Boden. Bedächtig stakste ich von einem Sonnenlichtkästchen zum nächsten und überlegte laut. »Okay. Sie ist immer noch etwas gebeutelt. Das war zu erwarten. Ich werde trotzdem einen Versuch zur Kontaktaufnahme starten. Einen kleinen. Am besten so normal wie nur irgend möglich …«

Zweimal lief ich den Flur rauf und runter.

Da kam die Erleuchtung.

»Ich hab's«, rief ich und klatschte begeistert in die Hände. »Ein Briefchen!«

Schüler schrieben sich immer Briefchen, egal in welchem Jahrzehnt sie nun zur Schule gingen. Vor einem Stück Papier würde Klara bestimmt keine Angst haben. Und vielleicht könnte ich sie so dazu bringen mit mir zu reden. Hoffentlich.

»Okay, denk nach, Nelly«, befahl ich mir selbst. »Wo bekomme ich zu dieser Uhrzeit Zettel und Stift her, ohne dass jemand was merkt?«

Herumfliegendes Schreibzeug wäre nämlich leider etwas auffällig. Doch im Moment war die Luft rein, also: los! Voller Tatendrang sauste ich zum nächsten Mülleimer, wühlte ein bisschen (was weit weniger eklig ist, wenn man so ist wie ich, weil kein Dreck an einem klebenbleibt) und fand (natürlich) mehrere zerknüllte Zettel. Ich suchte mir den besten, am wenigsten bekritzelten aus. Jetzt brauchte ich nur noch einen Stift.

Im Müll lag bloß ein angekauter Filzer, der obendrein noch ausgelaufen war. Also durchstreifte ich den Flur, guckte auf den Fensterbänken nach, in den Staubwolken unter den Heizungen, in jeder Ecke eben.

Nichts.

Eine Schule. Voller Stifte. Und kein einziger lag herum, den ich mir hätte schnappen können. Es war zum Mäusemelken!

Also: Plan B. Mit meinem Zettel in der Hand rannte ich zum Ende des Flurs, wo das Hauptquartier der Schülervertretung stationiert war. Steckte erst mal nur den Kopf rein. Keiner da, ein Glück. Den Zettel musste ich unter der abgeschlossenen Tür durchschieben, dann ging's auch schon los. Ich setzte mich an einen der Tische, schnappte mir einen der (reichlich vorhandenen) Stifte und fing an zu schreiben. Immer wieder hielt ich inne und dachte über die richtigen Worte nach. In Deutsch war ich schon gut gewesen, noch bevor ich hier gelandet war, aber dieser Brief hier, der war echt wichtig. Entscheidend. Zum ersten Mal konnte mich jemand sehen. Zum ersten Mal konnte mich jemand hören. Das durfte ich mir nicht kaputt machen. Nach mehreren Anläufen war ich endlich fertig. Gut, dass ich mich für einen Bleistift entschieden hatte. Radierer waren immer noch was sehr Praktisches.

Zuletzt, der Klangtest. Mit erhobener Stimme las ich mein Werk vor: »Liebe Klara! Es tut mir sehr leid, dass ich dich am Montag so erschreckt habe. Das wollte ich wirklich nicht! Bitte verzeih mir. Und bitte glaub mir, dass ich nicht gefährlich bin! Und eigentlich auch nicht unheimlich. Das am Montag war ein dummes Versehen. Ich will dir absolut nichts tun! Ich würde nur so gern mit dir reden. Du bist nämlich der erste Mensch, der mich sehen kann. In der Kunst-AG würde ich dir gern beweisen, dass es mich wirklich gibt und dass du nicht spinnst (falls du das gedacht haben solltest). Danach kannst du mit mir reden oder es lassen, das liegt ganz bei dir, wirklich. In jedem Fall würde ich dich dann nie wieder nerven, versprochen. Nelly.«

Ich nickte zufrieden.

Zum Glück war mir letzte Nacht eingefallen, dass sie mit Ben und Tina in der Kunst-AG war. Wenigstens was. Auf dem Weg nach draußen schob ich den Zettel wieder unter der Tür durch. Als ich mich aufrichtete, kam mir ein Gedanke.

»Mist«, fluchte ich und starrte flehentlich an die Decke. »Eine Eingebung bitte, schnell! Wie stecke ich ihr das Ding zu, ohne dass sie was merkt?«

MEINE SUPER-TRADITIONELLE LÖSUNG

oder: Der Jackson-Pollock-Plan

Die Lösung war eigentlich ganz einfach. Sogar richtig traditionell! Ich war stolz auf mich.

Noch vor der Pause ging ich runter ins Erdgeschoss und versteckte mich in der hintersten Reihe vom kleinen Chemiesaal. Hier waren die Bänke schmal, mit fest montierten Klappsitzen, die stufenförmig angeordnet waren. Fast wie im Kino (nur ohne die plüschige Polsterung). Darum würde Klara mich nicht sehen, wenn sie reinkam. Man muss das Gelände nutzen, das sich einem bietet. Hatte ich von meinem Vater gelernt.

Während ich geduldig (mehr oder weniger) auf das Ende der Pause und das Eintrudeln von Klaras Klasse wartete, wunderte ich mich wieder mal, wer bloß diesen grässlichen mintgrünen Linoleumboden ausgesucht hatte. Mintgrün! Das war schon vor dreißig Jahren aus der Mode gekommen.

Endlich klingelte es, Geschrei aus unzähligen Mündern und das Stampfen der dazugehörigen Füße erklang. Mein

Herz schlug schneller. Technisch gesehen natürlich unmöglich, aber ganz ehrlich: ich war schrecklich aufgeregt. Schließlich ging es hier um alles oder nichts. Ein klein wenig genoss ich dieses kribbelige Gefühl allerdings auch. Fühlte sich so … lebendig an.

Die Tür wurde aufgeschlossen und Herr Blümchen kam rein, gefolgt von einer mürrischen Bande Siebener.

Jaja, das Wochenende war nah.

Klara betrat als eine der Letzten den Saal. Wieder schaute sie sich misstrauisch um. Schnell duckte ich mich noch etwas tiefer hinter die Bank und hielt den Atem an (noch so eine technische Unmöglichkeit, aber egal). Sie ging zu ihrem Platz, gleich neben der Tür.

Als alle saßen, wünschte Herr Blümchen (heute mit Löwenzahn-Krawatte) einen guten Morgen, der weniger gut gelaunt zurückgewünscht wurde, und erkundigte sich nach Schwierigkeiten bei den Hausaufgaben. Das allgemeine Rascheln und Wühlen in Taschen aller Art nahm ich zum Anlass, zur anderen Seite des Raums zu krabbeln. Dabei blieb ich schön in Deckung, hielt den Kopf unten und meinen kostbaren Zettel in der Hand. War ich froh, dass mich gerade keiner sehen konnte! Premiere. Noch eine.

Nun hieß es, einen günstigen Augenblick abzuwarten.

Ich wartete.

Und wartete.

Und wartete.

Mann! Was war denn bloß los hier? Normalerweise schlief die Hälfte der Klasse schon nach zehn Minuten (leider alles keine Freunde der Naturwissenschaften), weswegen sich Herr Blümchen (unerschütterlich engagiert wie ein Referendar, wirklich bewundernswert) immer über die fehlende Motivation beschwerte. Wo war die denn heute bitte abgeblieben? Wenn man sich einmal auf was verließ, echt …

Nach geschlagenen 35 Minuten, von denen ich quasi jede Sekunde gezählt hatte – meine Beine kribbelten inzwischen, als wären sie eingeschlafen, musste wohl ebenfalls Einbildung sein –, nach geschlagenen 35 Minuten also sackte endlich Marios Ellbogen weg. Mario saß in der Reihe vor mir am Rand. Er war mein Ziel. Ich brauchte nur einen Moment der Unaufmerksamkeit.

Und endlich war er da. Haha!

Blitzschnell richtete ich mich auf, legte mein Briefchen neben Marios Arm und tauchte wieder ab. Gespannt hockte ich hinter der Bank und streckte den Kopf um die Ecke, um zu sehen, was mit meinem Zettel passierte.

Eine ganze, schreckliche, nervenzerreißende Weile tat sich rein gar nichts. Rein. Gar. Nichts. Als ich schon überlegte, dem Briefchen noch einen kleinen Schubs oder so zu verpassen, hob Mario endlich (!) den Kopf. Er sah den Zettel, nahm ihn und las den Namen, den ich draufgeschrieben hatte. Dann runzelte er die Stirn.

Wenn er das Teil jetzt nicht weitergab – dann würde ich

mir das mit dem Nicht-Poltern noch mal überlegen! Ich ballte die Hand zur Faust und starrte ihm fast ein Loch in den Hinterkopf, damit er das verdammte Ding endlich auf den Weg schickte.

Mein Wunder geschah: Als Herr Blümchen sich zur Tafel wandte, um was auch immer anzuschreiben (ich hatte die ganze Zeit keinen Deut aufgepasst), lehnte Mario sich vor und tippte Luisa auf die Schulter. Die große Brünette drehte sich genervt um, nahm aber den Zettel und – reichte ihn in einer fließenden Bewegung nach vorn. Zu Klara. YES! Am liebsten wäre ich aufgesprungen und durch die Gegend gehüpft, aber das wäre meinem Vorhaben nicht wirklich dienlich gewesen, also ließ ich es bleiben.

Wie würde Klara reagieren? Von meiner Position aus konnte ich nur erkennen, dass sie den Kopf senkte. Offenbar faltete sie den Zettel unter dem Tisch auseinander. Bildete ich es mir ein, oder wirkten ihre Schultern plötzlich angespannt? Langsam hob sie den Kopf. Dann warf sie einen vorsichtigen Blick über ihre Schulter. Natürlich guckte sie nicht nach unten. Vielleicht dachte sie, ich würde ganz normal auf einem der Stühle sitzen und ihr zuwinken.

Würde ich nicht.

Oder an der Decke schweben.

Konnte ich nicht. (Warum nicht? Keine Ahnung. In der Schulbücherei gab es leider keine Bücher über Parapsychologie. Und, nein, »Das kleine Gespenst« zählt nicht.)

Ich blieb weiterhin in Deckung. Für alle Fälle zog ich den Kopf sogar wieder ganz hinter die Bank, obwohl ich sie so nicht mehr sehen konnte. Wie gesagt, ich wollte so normal wie möglich auf sie zugehen.

Auch nach Chemie blieb ich im Tarnmodus. Wie ein Schatten folgte ich Klara durch die Pausenhalle, in die erste Etage und rüber in die Flure. Ich hoffte inständig, sie würde zu Kunst gehen und nicht wieder schnurstracks nach Hause. Das wäre dann nämlich auch eine Antwort.

Hatte ich Glück?

Ich hatte. Klara nahm nicht die erste Treppe und auch nicht die zweite, größere, die ich aus Prinzip links liegen ließ (aka *die Treppe*). Stattdessen blieb sie vor dem Kunstsaal stehen. Als sie gerade nicht hinsah, stahl ich mich hinter einen der großen Pfeiler und hielt weiter (virtuell sozusagen) den Atem an. Ungefähr so lange, bis Herr Müskens kam, unser aller Lieblingskunstlehrer mit schütterem Haar von undefinierbarer Farbe, Andy Warhol-Brille und dem gemütlichsten Gemüt, das man sich nur vorstellen kann.

Sofort stieß ich mich von dem Pfeiler ab, segelte durch die Wand und tauchte mehr oder weniger elegant durch zwei Tische, mindestens vier Tischbeine und zwei halbe Stuhlbeine (wenn man so schnell dahinschlittert, ist das mit dem Zählen so eine Sache). Gerade als ich mich neben einer Heizung zusammenrollte, schloss Herr Müskens die

Tür auf und die kleinste Kunst-AG aller Zeiten betrat den Kunstsaal.

Acht Leute. Acht! Es ging echt zu Ende mit der Kultur.

Der Vorteil dieser sehr überschaubaren Größe war, dass sie viel coolere Projekte machen durften. So zum Beispiel das aktuelle: Bilder nach der Methode von Jackson Pollock (Begründer des sogenannten »Action Painting«, bei dem man nie wusste, wo die Farbe so landet – sehr spaßige Sache).

Darauf baute ich heute. Mit tappenden Fingern sah ich zu, wie sie in der Mitte des Saals Platz schafften, Tische und Stühle zur Seite schoben und dann mehrere große Plastikplanen auf dem Boden ausbreiteten.

Geduld, Nelly, Geduld.

Stocksteif hockte ich neben der Heizung, während die Kunst-AGler Papierbögen und Farbtöpfe holten. Zuletzt zogen sie sich noch uralte Malerkittel über und los ging die Sauerei. Unter viel Gequieke und Gelächter schwangen sie Pinsel, Spachtel und Schwämme, verspritzten die Farbe kreuz und quer über das Papier, so dass wunderbar wilde Klecks-Bilder entstanden. Während der Geruch nach Farbe und Terpentin langsam überhandnahm, überlegte ich fieberhaft, wie ich Klara beweisen sollte, dass ich echt war, ohne allzu sehr zu *poltern*.

Herr Müskens kam mir zu Hilfe. Mit einer riesengroßen Papierrolle über der Schulter tauchte er aus dem Nebenraum des Kunstsaals auf. »Schaut mal, was ich für euch organisiert habe«, rief er dem Kurs zu.

Die Jungs und Mädels hoben die Köpfe und brachen in angemessene »Oohs« und »Wows« aus.

»Wo haben Sie die denn her?«, fragte Ben.

»Och, ich hab da so meine Beziehungen«, wiegelte Herr Müskens bescheiden ab und stellte die Rolle neben der Plastikplane auf den Boden. »So, dann macht mal Platz hier!«

Schnell zogen alle ihre halb vollendeten Meisterwerke zur Seite. Gemeinsam rollten sie den riesigen Bogen Papier vorsichtig aus. Er passte gerade so auf die Plane. Noch mal Glück gehabt.

»Sooo«, fing Herr Müskens an, kratzte sich am Kopf und musterte das Papier mit fachmännischem Blick. »Ungefähr mit einem solchen Format hat Jackson Pollock tatsächlich oft gearbeitet. Weil ich nur eins davon kriegen konnte, wird das jetzt eine Art Gemeinschaftsprojekt. Jeder von euch entscheidet sich für eine Farbe und dann …«

»Alle gleichzeitig«, rief Ben enthusiastisch. Die versammelte Mannschaft lachte. Ich auch.

Und schlug mir erschrocken die Hand vor den Mund. Nicht, dass Klara mich hörte!

»Nein, nein, nein, das gäbe ja eine schöne Sauerei«, sagte Herr Müskens gutmütig. »Schön einer nach dem anderen. Und passt auf, dass ihr niemanden mit der Farbe erwischt.«

»Dann geh ich lieber woanders hin«, meinte Tina, die Ben direkt gegenüberstand.

»He, was soll das denn heißen?« Ben grinste. »Hast du etwa Angst vor mir?«

Kokett grinste Tina zurück. »Vor dir? Ich lache.«

Hihi, zu herrlich. Die beiden triezten sich echt in einer Tour. Wunderte mich eigentlich, dass die nicht schon längst zusammen waren.

Egal. Ich konzentrierte mich wieder auf Klara. Leider stand sie mit dem Rücken zu mir. Ich kniff die Augen zusammen. Okay, ihre Schultern wirkten wieder angespannt. Bei Bens und Tinas Blödelei hatten sie nicht mal gezuckt, also hatte sie vermutlich nicht gelacht. Allerhöchstens gelächelt. Nicht gerade die ideale Ausgangsposition. Trotzdem war ich fest entschlossen, meinen Plan durchzuziehen.

Die Kunst-AG machte sich bereit und Herr Müskens gab die Einsätze. Einer nach dem anderen spritzten sie die Farbe auf das Papier, natürlich unter weiterem Gekreische, Gequieke und Gelächter.

Startschuss für den Jackson-Pollock-Plan! Wieder als Indianer(in) unterwegs, robbte ich durch vier bis sechs Stuhlbeine und mindestens zwei Tischbeine (diesmal war ich viel zu sehr auf mein Ziel fixiert, als dass ich hätte zählen können), bis ich quasi direkt zu Tinas Füßen lag (tolle Schuhe übrigens, sahen teuer aus – da sollte sie mit der Farbe aber besser aufpassen!).

Ich hob das Kinn und linste auf das Papier, auf dem schon ordentlich Farbe herumschwamm. Dann linste ich zu Klara.

Sie hatte mich noch nicht bemerkt. Vorsichtig streckte ich den Arm aus, tauchte meinen Zeigefinger in die flüssigen Farbströme und zog die Linien langsam so, dass sie Buchstaben ergaben. Dann wartete ich, bis Ben mit der Farbe dran war. Erwartungsgemäß zielte er mehr oder weniger genau auf Tina, die kreischend zurücksprang.

»Iiih, pass doch auf, meine Schuhe!«

Hatte ich ja gesagt.

Neun Augenpaare guckten auf Tinas Füße – und damit genau auf mich. Aber nur Klara erstarrte. Alle Farbe wich aus ihrem Gesicht und ihre Augen wurden wieder so riesig. Ich bekam es mit der Angst zu tun. Schnell winkte ich ab und versuchte ein Lächeln.

Klara deutete in meine Richtung: »Seht – seht ihr das auch?«

Tina fing fast an zu schielen. »Was? Ist doch was auf meine Schuhe gekommen?«

»Nein, ich meine …«, stammelte Klara hilflos. »Ich meine, das da.«

Wieder guckten alle zu mir.

Plötzlich ein Ausruf: »Ach da! In der Ecke! Sieht aus wie Buchstaben.«

»Genau!«

Die anderen scharten sich um Tina. Hastig rollte ich mich zur Seite. Füße musste ich nicht haben.

»Sieht aus wie … *Melly* oder so.«

»Das ist ein ›N‹, du Spinner.«

»Genau, sieht aus wie *Nelly.* Is ja 'n Ding.«

Die Verwunderung währte noch ein wenig länger, aber ich achtete nicht weiter darauf. Klara sah mir direkt in die Augen. Ich schluckte, rutschte auf den Knien näher und deutete zaghaft auf meinen Namen. Dann auf mich. Zum Abschluss nickte ich nachdrücklich.

Ich bin echt, wollte ich ihr sagen. Bitte hab keine Angst. Meine Stimme machte leider nicht mit, es kam kein Wort raus.

Klara starrte mich an. Und dann, ganz leicht, ganz kurz und etwas ruckhaft, nickte sie.

Sie nickte mir zu.

Ich konnte es kaum fassen.

Ich hatte es geschafft.

MEIN GEHEIMVERSTECK

oder: Warum ich überhaupt hier war

Wie betäubt hockte ich neben der Plastikplane. Darum bekam ich nicht rechtzeitig mit, wie sich die Kunst-AG wieder zerstreute. Irgendjemand lief genau durch mich durch. Reflexartig krümmte ich mich zusammen und verzog stöhnend das Gesicht.

Mist! Klara!

Erschrocken riss ich die Augen auf.

Ganz ohne Zweifel war sie ziemlich geschockt. Ihr Gesicht hatte einen leichten Grünton angenommen. Aber da war noch mehr, noch etwas anderes. Sie sah besorgt aus. Ein bisschen, nur ein klitzekleines bisschen. Sie streckte ihre Hand ein Stück weit in meine Richtung, als wollte sie mir helfen.

»Schon gut«, winkte ich ab und lächelte, noch etwas schwach. »Schon gut, alles okay.«

Ein bisschen verstört schaute sie sich um, doch da niemand sonst Notiz von mir nahm, begriff sie wohl endlich voll und ganz, dass nur sie mich sehen und hören konnte. Verhalten nickte sie mir noch mal zu. Langsam, als würde ich mich einem wilden Kaninchen nähern, stand ich auf, trat zur Seite und lief (äußerlich) ruhig zur Tür. Klara behielt mich die ganze Zeit im Auge.

»Ich warte draußen, wenn das in Ordnung ist?«

Wieder nickte sie knapp.

Ein letztes Mal lächelte ich ihr zu, ehe ich möglichst beiläufig durch die geschlossene Tür ging. Hier atmete ich erst mal tief durch.

»Grüne Neune!«

Mir fielen noch ein paar andere Wörter ein, die meinem Gemütszustand den entsprechenden Ausdruck verliehen. Dabei fuhr ich mir mehrmals durch die Haare, lief hin und her, hüpfte auf und ab, trommelte gegen die Pfeiler und freute mich ganz allgemein meines Nachlebens. Schließlich setzte ich mich (möglichst normal) an den zweiten Pfeiler neben der Tür zum Kunstsaal, umschlang meine Beine – die heute übrigens in roten Pumphosen steckten – und wartete gespannt auf das Ende des Unterrichts.

Wie gewöhnlich machte die Kunst-AG keine Pause und so öffnete sich die Tür erst nach der achten Stunde. Eine Wolke von Farb- und Terpentindünsten schwallte mir entgegen. Zu zweit oder alleine marschierten die Leute aus dem Saal, redeten, lachten und kratzten sich Farbspritzer von den Händen.

Zuletzt erschien Klara.

Obwohl ich unheimlich aufgeregt war, blieb ich sitzen und winkte ihr nur kurz, als sie mich entdeckte.

Erst schien sie unschlüssig, stand herum, sah sich um.

Ich wartete.

Herr Müskens trat hinter ihr aus der Tür, so dass sie zur Seite weichen musste. Er wünschte ihr ein schönes Wochenende und schlenderte davon.

Wir waren allein.

Nicht weglaufen, nicht weglaufen, beschwor ich sie stumm. Mantras helfen ja nicht immer, aber man konnte es ja auf jeden Fall mal versuchen.

Zögerlich kam sie näher. Yay! In ungefähr drei Metern Abstand blieb sie stehen.

»Hi.« Es war nur ein Hauch.

Ich lächelte. »Hi.«

Wir musterten uns eine Weile. Ein Glück, sie war nicht mehr so kreideweiß im Gesicht. Oder grün.

»Alles okay?«, fragte ich, so freundlich ich nur konnte.

Sie zuckte mit den Schultern. »Schwer zu sagen.«

Ich nickte. »Schon klar.«

Wir starrten uns weiter an. Irgendwann räusperte ich mich. »Also, ich bin Nelly. Nelly Jansen.«

»Klara. Schubert.« Ihre Stimme war so leise wie immer, die Worte klangen hölzern. »Aber das weißt du ja schon …«

Wieder nickte ich und bemühte mich, ganz besonders ungefährlich zu wirken. Aus dem Flur um die Ecke hörte ich Stimmen näher kommen.

»Wollen wir vielleicht woanders hingehen? Dann erzähle ich dir alles in Ruhe. Natürlich nur, wenn du möchtest! Wenn nicht, ist das auch kein Problem! Was ich in dem Brief geschrieben habe, meine ich ganz ernst, wenn du nicht willst, wirst du mich nie wieder sehen, versprochen!«

Meine vielen Ausrufezeichen mussten sie überzeugt haben, denn sie schüttelte sacht den Kopf und sagte: »Ist okay.«

Ich war so erleichtert, dass ich mir ein breites Grinsen nicht verkneifen konnte. »Super!«

Da! Ein winzig kleines Zucken in ihrem rechten Mundwinkel. Der winzig kleine Beginn eines Lächelns. Vielleicht auch der winzig kleine Beginn von was anderem?

Ermutigt stand ich auf. »Komm, ich zeig dir mein Versteck.«

Ihre Augen schienen mich genau abzuschätzen. »Okay.«

Hibbelig wie nur sonst was führte ich sie durch den Kunst-Flur, an den ganzen Leuten vorbei, die Wendeltreppe hoch, bis zu der Tür, die auf den Balkon führte. Daneben war eine kleinere, niedrigere Tür, die sich ohne Schlüssel nur von innen öffnen ließ. Nachdem ich Klara das erklärt hatte, schlüpfte ich durch den kalten grünen Stahl und betätigte die halb verrostete Klinke.

»Herein, wenn's kein Schneider ist!«, sagte ich fröhlich zu Klara, die recht skeptisch guckte.

Sie duckte sich und betrat mein kleines, geheimes Reich.

»Warte, ich mach Licht.«

Da ich mich auch in schwärzester Dunkelheit zurechtfand, dachte ich nicht immer daran, das Licht anzuknipsen. Nun drückte ich auf den Schalter neben der Tür und die einsame Glühbirne über unseren Köpfen funzelte flackernd ins Leben.

»So, da wären wir.« Ich breitete die Arme aus. »Mein Geheimversteck.«

Es war nichts Großartiges, nur ein alter Abstellraum mit einer komplett schrägen Wand (eben ein typisches Dachzimmer). An der geraden lehnten abgewetzte Sportmatten, aus denen ich mir eine Art Sofa gebastelt hatte. Darauf, daneben und überall sonst stand, na ja, Kram eben. Ein kaputter Projektor zum Beispiel, ein Stapel Stühle, der unvermeidliche Medizinball und noch mehr Zeug, das keiner mehr brauchte. Dazwischen lagerten meine persönlichen Fundsachen: halb zerfledderte Bücher, vergilbte Hefte, angekaute leere Stifte, und was ich sonst noch so über die Jahre in den Gängen (oder auch mal im Mülleimer) aufgestöbert hatte.

»Seit Jahren hat hier keiner mehr was reingestellt«, erklärte ich. »Wahrscheinlich haben sie längst vergessen, dass in diesem Raum überhaupt was drin ist. Darum dachte ich, kann ich es mir hier doch ein bisschen gemütlich machen.«

Aufmerksam schaute Klara sich alles an, ohne sich von der Stelle zu rühren.

»Es ist nichts Dolles, ich weiß, aber mir reicht es«, plapperte ich weiter, um die Stille zu füllen. »Magst du dich nicht setzen? Anbieten kann ich dir wohl leider nichts …«

»Schon okay«, murmelte sie, so leise, dass ich sie kaum verstehen konnte.

Mit etwas unsicheren Schritten ging sie zu meinem Matten-Sofa und setzte sich so vorsichtig darauf, als wäre es ein Nadelkissen.

»Okay«, wiederholte ich. Jap, ich war nervös, keine Frage. Das hier sollte ja auch meine erste Unterhaltung seit einer halben Ewigkeit werden. Jedenfalls die erste Unterhaltung, bei der mir auch jemand antwortete.

»Ähm«, fing ich an. Warum stand ich nur dumm rum? »Erst mal setzen.« Ich verfrachtete einige Bücher auf den Boden und pflanzte mich auf den Stapel Stühle, weil ich Klara nicht gleich so auf die Pelle rücken wollte.

Sie hatte jede meiner Bewegungen genau beobachtet. »Du … kannst also Sachen anfassen?«

War ich froh, dass sie endlich mehr sagte als Variationen von »okay«!

Ganz automatisch begann ich zu strahlen. »Ja, kann ich, muss mich nur darauf konzentrieren.«

Ihre schmalen Brauen zogen sich zusammen. »Und kommen sie dir schwer vor?«

»Die Sachen? Hmm, Bücher sind natürlich schwerer als Zettel oder Stifte, aber ich glaube, ich muss mich schon mehr anstrengen als …« Ich gestikulierte. »… vorher, du weißt schon.«

»Bevor du ein Geist wurdest?«, hakte sie nach.

Ein Schauder lief mir den Rücken runter. »Ähm, ja.«

Sie musste mein Unbehagen bemerkt haben, denn sie sah mich irgendwie mitfühlend an.

»Die Bezeichnung gefällt mir nicht besonders«, gab ich zu. »Klingt so, na ja, unheimlich.«

Mit hochgezogenen Schultern wartete ich auf ihre Reaktion. Wenn man das Ganze so direkt ansprach (wozu ich ja bisher nie Gelegenheit gehabt hatte), kam es schon ein wenig seltsam rüber. Und irgendwie peinlich.

Zu meiner großen Überraschung lächelte Klara. »Kann ich verstehen.«

Hui, war ich froh! Wollte es mir ja nicht gleich am Anfang mit ihr verscherzen, bloß wegen meinem kleinen Komplex.

»Und seit wann bist du nun schon … *so*?«, fragte sie.

»1977.«

Das schockte sie. »Wow.«

Ich nickte. »Ganz schöne Weile, was?«

»Und wie …?« Sie traute sich kaum, mir in die Augen zu schauen und ihre Wangen färbten sich rosa.

»Ach, na ja«, bemühte ich mich um Lockerheit. »Eigene Blödheit, könnte man sagen. Ich war auf einem Konzert in der Aula und da hatte ich wohl ein paar Bier zu viel, denn als ich gehen wollte, bin ich irgendwie umgeknickt oder so und quasi die Treppe runtergesegelt. Bumms, Kopf aufgeschlagen. Blackout. Als ich wieder aufwachte, war ich *so*.« Ich breitete die Arme aus.

Erschüttert sah Klara mich an. »Das tut mir leid.«

Wieder zuckte ich mit den Schultern. »Ach, hab mich längst dran gewöhnt.«

Ihre Stirn kräuselte sich. »Und seitdem bist du hier in der Schule?«

Ich nickte. Gleich in meiner ersten Nacht hier hatte ich feststellen dürfen, dass ich nicht aus dem Gebäude rauskonnte. Nicht meine schönste Erinnerung, aber das sagte ich nicht.

Die Wahrheit war: Niemals davor oder danach hatte ich so viel Angst gehabt. Doch ich wollte unbedingt vermeiden, dass sich diese alte Düsternis über uns senkte und uns die Stimmung vermieste. Also sagte ich nur: »Hab einfach versucht das Beste aus der Situation zu machen.«

Ich bemühte mich nach Kräften, das Gespräch in erfreulichere Bahnen zu lenken. »Früher hab ich um Schule nicht viel gegeben, aber hier blieb mir ja gar nichts anderes übrig, wenn ich nicht vor Langeweile wahnsinnig werden wollte. Also hab ich mich halt irgendwann in den Unterricht gesetzt und nach einer Weile auch mitgemacht. Erst nur in den Fächern, die mich zumindest ein bisschen interessiert haben, und später dann auch in allen anderen.«

»Du hast gesagt, dass du nur *quasi* Schülerin hier bist«,

sagte Klara und erinnerte mich damit an unsere unschöne erste Unterhaltung. »Warst du vorher auf einer anderen Schule?«

»Jep, Berufsschule. Die ich aber auch gern mal geschwänzt habe.«

Sie lächelte. Allmählich schien sie sich zu entspannen. Gutes Zeichen!

»Und weißt du denn, warum du hier festsitzt? Ich meine, nur weil du hier die Treppe runtergefallen bist, das finde ich irgendwie als Grund zu wenig.«

Lustig, das ging mir genauso. Etwas anderes war mir bisher nur leider nicht eingefallen. Es war nämlich nicht so, als hätte ich noch irgendwas Wichtiges zu erledigen gehabt – dieser klassische Fall, nicht wahr. Inzwischen hatte ich es längst aufgegeben, der Sache einen Sinn geben zu wollen. Darum meine einzige Vermutung: »Vielleicht wollte mir das Schicksal einfach nur eine grundsolide Schulbildung verpassen?«

Klara lächelte. Schon wieder!

In mir begann es vor lauter Freude zu kribbeln. Spontan platzte ich heraus: »Du kannst dir gar nicht vorstellen, wie toll das ist, sich endlich wieder mit jemandem unterhalten zu können! Wirklich, vielen, vielen Dank, dass du hergekommen bist!«

Sie senkte den Kopf und rutschte etwas herum. »Woran liegt es denn wohl, dass nur ich dich sehen kann?«

»Hab ich mich auch schon gefragt.« Ich verschränkte die Arme und lehnte mich zurück, um mit dem Fuß wippen zu können (das half mir immer beim Nachdenken). »Vor allen Dingen so plötzlich. An dem Morgen saß ich vorher noch bei euch in Deutsch, da hast du mich nicht bemerkt.«

Klara runzelte die Stirn. Es schien ihr so einiges durch den Kopf zu gehen, aber falls sie einen Verdacht hatte, was an jenem Manic Monday zwischen der großen Pause und der sechsten Stunde ihre Wahrnehmung verändert haben könnte, behielt sie es für sich.

»Okay«, sagte sie plötzlich und stand auf.

»Willst du schon gehen?« Ich hätte so gern noch weitergeredet!

Sie griff nach ihrer Tasche, die sie an mein Sofa gelehnt hatte. Ihre Finger zitterten ein wenig. »Ja, also, wenn du nichts dagegen hast.«

»Natürlich nicht.« Fürs Erste war es wahrscheinlich wirklich genug gewesen. Zumindest für sie. Ich stand ebenfalls auf und begleitete sie aus der Tür raus. In der Schule war es jetzt schon ganz still.

Auf dem Flur blieb Klara stehen. »Also …« Sie druckste etwas herum. »Ich würde gern erst mal ein paar Sachen überprüfen, von dem, was du mir so erzählt hast.«

»Mach nur, ich versteh das gut. Ich würde mir an deiner Stelle bestimmt auch nicht glauben.« Plötzlich fiel mir was Superwichtiges ein. »Ach ja, dürfte ich dich vielleicht bitten, niemandem von mir zu erzählen? Ich würde gern unter dem Radar bleiben, du weißt schon.«

»Kein Problem. Würde mir eh keiner glauben.«

Ein schwaches Lächeln wischte über ihre Lippen, ehe sie auf die Treppe zusteuerte.

»Reden wir dann noch mal?«, rief ich ihr nach. Ein wenig verzweifelt klang das schon. Oje.

Sie drehte sich um. »Klar.«

Dann lief sie die Treppe runter und ließ mich mit einem dumpfen Gefühl von »das war's« zurück. Aber bevor sie um die Kurve verschwand, schaute sie noch einmal kurz zu mir hoch. »Bis Montag!«

Bis Montag?

Verdutzt hielt ich inne. Eine goldene Woge aus purem Glück ließ mich strahlen wie ein Honigkuchenpferd.

»Ja, bis Montag«, rief ich zurück und winkte wie blöde.

Bis Montag. Die zwei schönsten Worte der Welt.

MEIN FALL SCHWARZ AUF WEISS

oder: Montag, die Zweite, diesmal mit echter Beteiligung am Unterricht (quasi)

Am Montagmorgen, genau eine Woche nach meinem denkwürdigen Manic Monday, saß ich auf heißen Kohlen am Fenster des Kunstsaals und hielt fiebrig Ausschau nach Klara. Genau genommen hatte ich das ganze Wochenende auf heißen Kohlen gesessen. Noch nicht einmal die Sommerferien waren mir je so lang vorgekommen.

Endlich entdeckte ich sie, wie sie über die Ampel ging und auf den Haupteingang zusteuerte. Beschwingt hüpfte ich durch den leeren Kunstsaal, durch die Tür in den Flur mit *der Treppe*, wo ich mich an einem der Pfeiler postierte. Wollte die arme Klara ja nicht gleich überfordern.

Nervös wartete ich darauf, dass sie die steinernen, von unzähligen Schülergenerationen durchgetretenen Stufen raufkam. Natürlich machte ich mir Sorgen, dass sie ihre Meinung geändert haben könnte und nun doch lieber nichts von mir wissen wollte. Zur Ablenkung checkte ich zum hundertsten Mal mein Outfit. Hätte ich doch lieber die türkisfarbene Rüschenbluse statt des orangen Tops nehmen sollen? Aber der goldene Glitzer passte so gut zu meinen Haaren und meinen Lieblingssandalen …

»Guten Morgen.«

Mein Kopf schoss in die Höhe, als ich Klaras Stimme hörte. Sie stand am Treppenabsatz und hatte wohl gerade Ben begrüßt, der mit seinem typischen Sonnyboy-Grinsen an ihr vorbeirauschte. Dann entdeckte sie mich.

»Guten Morgen!«, rief ich.

Ein kleines Lächeln spielte in ihren Mundwinkeln. Ganz kurz hob sie die Hand zu einem Mini-Winken in meine Richtung. Weniger mini, sondern eher maxi (weil zu glücklich), winkte ich zurück.

»Ist es okay, wenn ich mit zu Deutsch komme?«

Sie deutete ein Nicken an. Also folgte ich ihr in den Kunst-Flur und plapperte drauflos. »Du musst dir keine Sorgen machen, ich werde dich nicht volllabern oder sonst wie ablenken, versprochen. Und du musst natürlich auch nicht mit mir reden, solange andere Leute in der Nähe sind. Soll dich ja keiner für verrückt erklären oder so.«

»Das wäre mir fast schon egal«, flüsterte sie mit gesenktem Kopf, wie zu sich selbst.

Oha.

»Echt?«, fragte ich. Sie zuckte mit den Schultern und

dann waren wir auch schon am mittleren Klassenzimmer angekommen und ich musste wieder mal höllisch aufpassen, dass keiner durch mich durchrannte.

Klara packte ihre Sachen aus und mir fiel zum ersten Mal ihr Stiftemäppchen auf, das wohl irgendwann mal hellrosa gewesen, jetzt aber von vorne bis hinten mit Blumen verziert war. Und das waren keine Kritzeleien aus Langeweile, die sahen richtig toll aus! Fast wie Kalligrafie oder so. Auch in der Innenseite ihres Blocks prangten allerlei Bleistift-Blüten, wie Pfingstrosen, Nelken und Gerbera (meine absoluten Lieblingsblumen). Total schön! Die Kunst-AG schien also mehr als ein bloßer Zeitvertreib zu sein (und Herr Blümchen sollte sie unbedingt als Krawatten-Designerin einstellen).

Bevor ich Klara danach fragen konnte, schneite Frau Lenz herein und die erste Stunde Deutsch nahm ihren Lauf. Überflüssig zu erwähnen, dass es immer noch um meinen Lieblingsspinner Werther ging. Frau Lenz zeichnete bald ein hübsches Dreieck an die Tafel, um das berühmte Verhältnis zwischen Lotte, Werther und Albert zu illustrieren: »Es gibt doch nichts Spannenderes als eine Ménage-à-trois. Dieses Schema findet ihr heute in jeder Fernsehserie, achtet nur mal drauf!«

Da zog Klara so wunderbar beiläufig, wie nur Schüler es können, zwei Blätter aus ihrem Hefter und schob sie zu mir, die ich im Schneidersitz auf dem leeren Tisch neben ihr hockte.

Interessiert lehnte ich mich rüber. Klärchen hatte einige Artikel aus unserem Lokalblättchen kopiert. Als ich näher hinsah, traf mich fast der Schlag.

Berufsschülerin am Rilke-Gymnasium tödlich verunglückt

Mir wurde gleichzeitig heiß und kalt, dann schlecht und am Ende fühlte ich mich am ganzen Körper taub, als wären alle meine Glieder eingeschlafen.

Der Artikel war einen Tag nach meinem Unfall datiert. Darin hieß es, ich sei aus nicht näher geklärten Gründen, vermutlich aber Alkoholisierung, die Haupttreppe hinuntergestürzt. So weit schon mal richtig. Der nächste Satz dagegen haute mich fast um.

Die 16-jährige Schülerin erlag noch auf dem Weg ins Krankenhaus ihrer schweren Kopfverletzung.

Auf dem Weg ins Krankenhaus?!

»Ich bin gar nicht hier gestorben?« Die Frage purzelte einfach so aus meinem Mund, ich konnte nichts dagegen tun. Ich war völlig platt.

Klara warf mir einen leicht besorgten Seitenblick zu. An den Rand ihres Blocks schrieb sie: *Wusstest du das nicht?*

In meinen Ohren rauschte es. Wie ferngesteuert schüttelte ich den Kopf.

»Ich versteh gar nichts mehr …«

Klara kritzelte wieder drauflos. *Ein Glück, dass du hier*

bist und nicht für immer in einem Krankenwagen mitfahren musst!

Da hatte das Mädel Recht. Das Rauschen ließ nach. Ich blies die Wangen auf und atmete tief durch. »Stimmt.«

Für den Rest der Stunde studierte ich den Artikel supergründlich und las auch die anderen, die Klara kopiert hatte, x-mal. Im Wesentlichen stand überall dasselbe drin. Was mir passiert war, Alkoholmissbrauch bei Minderjährigen, wie tragisch das alles sei, das übliche Blabla eben.

Richtig gruselig dagegen war die Todesanzeige. So was hatte ich mir noch nie gerne angesehen und die entsprechenden Seiten in der Zeitung immer überblättert, während meine Mutter für gewöhnlich als Erstes danach gesucht hatte. Jetzt, auch nach all der Zeit, die eigene zu Gesicht zu kriegen, das war …

Sehr seltsam, um es mal milde auszudrücken. Sehr milde.

Unter meinem kompletten peinlichen Namen stand *Geliebte Tochter, Schwester und Freundin*, in der Ecke reihten sich die Namen meiner Familie und Verwandten. Ein paar Freunde waren auch dabei. Hannes …

Ich biss mir auf die Unterlippe. Das Klingeln riss mich aus meinen Gedanken, ich zuckte glatt zusammen. Klara beobachtete mich, während sie geschickt so tat, als schaue sie nur aus dem Fenster. Sie deutete auf ihren Blumen-Block. *Alles okay?*, stand darauf.

»Geht schon«, antwortete ich und brachte ein halbes Lächeln zu Stande.

Klaras Augen begannen zu flackern. Meine Güte, sie hatte glatt ein schlechtes Gewissen. Wie lieb! Aber das wollte ich natürlich nicht, also schob ich schnell hinterher: »Ich find's total toll, dass du dir solche Mühe gemacht hast.«

Ihre Miene hellte sich auf. Puh!

War am Wochenende im Stadtarchiv, schrieb sie. *Im Internet war nichts zu finden.*

»Ach so? Na, bestimmt lohnt es sich nicht für unsere regionalen Käseblätter, ihre alten Ausgaben zu digitalisieren.«

Klara grinste und ihr Stift flog über das Papier. *Lerchenpost = Käseblatt???*

»Was denn?«, fragte ich unschuldig. »Sagt Herr Heumann auch immer.«

Es war der Hammer. Hier saß ich mit einem echten lebendigen Mädel (okay, was auch sonst, ich war ja wohl eher die Ausnahme – theoretisch jedenfalls), wir quatschten über Lehrer und hatten einen Riesenspaß zusammen. Kam mir vor wie im Himmel. Also, theoretisch.

Nach der Stunde verabschiedete Klara sich zum Koop-Unterricht ('ne Gemeinschaftssache mit einem anderen Gymnasium, wenn's zu wenig Schüler für ein Fach gab). Nachher in Chemie wollten wir uns wieder treffen.

Treffen! Verabredung!

Ich schwebte wie auf Wolken, ehrlich. Tanzte und hüpfte durch die Gänge, ließ meine Haare beim Headbanging fliegen und sang lauthals »Night Fever«. Es war super.

Nachdem ich mit Freuen fertig war, beschloss ich, mal nach dem kleinen Rabauken von letzter Woche zu sehen. Musste mich ja beschäftigen, bis Klara wiederkam und wir uns treffen würden. Treffen! Hihi!

Mit langen Sätzen flog ich richtig durch die Flure rüber zu den Fünferklassen, balancierte auf dem Treppengeländer und spurtete im schönsten Slalomlauf durch die wuselnden Kinder.

Wie letzte Woche sah ich viele richtige Sachen in Romans Heften und trotzdem meldete er sich auch heute kein einziges Mal. Erinnerte mich an Klara in dem Alter. Nur, dass sie immer total verschüchtert gewesen war und deswegen nichts gesagt hatte (wenn ich genauer drüber nachdachte, hatte sich das bei ihr nicht so wirklich geändert). Roman dagegen wirkte irgendwie verstockt. Trotzig. Als würde es in ihm brodeln. Wem er damit was beweisen wollte, war mir schleierhaft. Andererseits war das neue Schuljahr gerade mal drei Wochen alt, vielleicht bekrabbelte er sich ja noch.

Im Chemiesaal saß ich bereits mit baumelnden Beinen auf dem Tisch in der letzten Reihe, als Klaras Klasse hereintrudelte. Kaum, dass ich sie entdeckte, strahlte ich sie an und winkte.

Zaghaft lächelte sie zurück und hob wieder kurz die Hand zu diesem niedlichen Mini-Winken.

Sobald alle saßen, zog ich um, von der letzten Reihe in die erste, wo ich es mir auf der Stufe neben Klaras Platz bequem machte.

»Wie war Koop?«, fragte ich, da Herr Blümchen noch im Nebenraum lautstark herumfuhrwerkte.

Klara holte ihren Block hervor und schrieb *Wie immer.*

»Klingt ja nicht so doll.«

Sie zuckte mit den Schultern. *Eigentlich mag ich Französisch, aber die Lehrerin am Lux nervt total.*

Komisch. Das Lux (auch bekannt als Rosa-Luxemburg-Gymnasium – die Konkurrenz) war eigentlich bekannt für weniger strenges Personal.

»Hm, verstehe. Ist immer schade, wenn einem ein doofer Lehrer das Fach versaut.«

Kannste laut sagen.

»IST IMMER SCHADE, WENN …«

Herr Blümchen kam rein und ich brach mein Getöse ab. Klara musste sich offensichtlich anstrengen, nicht loszulachen. Ihr Mund zuckte und sie verbarg ihn hinter ihrer Hand.

»Sorry«, kicherte ich. »Der musste einfach sein.«

Der Unterricht startete, wie immer mit den Hausaufgaben, die bei den üblichen Verdächtigen wieder mal vom Hund gefressen worden waren (einer sagte das wirklich so – dabei war der Witz schon alt gewesen, als ich noch zur Volksschule gedackelt war!). Brav hockte ich neben Klara, ohne sie abzulenken. Schließlich wollte sie alles mitkriegen, um nicht unvorhergesehen dranzukommen (und dadurch knallrot anzulaufen, siehe Deutsch am Manic Monday). Und so, wie ich Klärchen kannte, peilte sie bestimmt ein super Zeugnis an.

Trotzdem freute ich mich die ganze Zeit wie ein Schneekönig. Einfach nur hier zu sitzen, nicht als reine Zuschauerin, sondern *mit* jemandem – das war absolut klasse, wundervoll, gigantisch! Jeder nur denkbare Superlativ sauste mir durch den Kopf. Mit einem Satz: Ich war glücklich. Richtig glücklich.

GEHEIMVERSTECK, DIE ZWEITE

oder: Meine nicht erklärbare Existenz

Nach der achten Stunde hatte Klara Schluss und zu meiner überbordenden Freude (die ich nicht allzu deutlich zu zeigen versuchte) besuchte sie mich wieder in meinem Geheimversteck. Das ich übrigens extra aufgeräumt hatte.

Zuerst schauten wir uns noch mal gemeinsam die Zeitungsartikel an. Angesichts meiner Todesanzeige (die ich nach wie vor gruselig fand) kam natürlich die unvermeidliche Frage: »Ist das dein echter Name?«

Geschlagen nickte ich. »Jep. Petronella Augustine Jansen. Macht sich in dem Zusammenhang auch nicht besser. Es sei denn, ich wäre eine alte Oma. Genau genommen sind es sogar die Namen meiner beiden Omas. Übel, nicht wahr?«

»Geht so«, meinte Klara und lächelte mich an. Sie war echt eine Liebe.

»Immerhin lässt es sich schön abkürzen«, fuhr sie fort.

»Stimmt. Hab auch immer darauf bestanden, mit *Y* geschrieben zu werden und nicht mit *I*, weil ich das moderner und schicker fand. Inzwischen ist ›Nelly‹ aber auch schon etwas altbacken, oder?«

Sie zögerte. »Kommt nicht mehr so oft vor, nein.« Wir schauten uns an und prusteten los.

Dann zog sie das Blatt hervor, auf dem sogar ein Foto von mir abgedruckt war. Ich in meiner ganzen 70er-Jahre-Glorie: obligatorischer blauer Lidschatten, superfetter Lidstrich und mehr Lippenstift als gut für mich (oder jede andere) war. Plus quietschgelber Flatterbluse – oh, là, là.

Klara hielt das Bild neben mich. »Du siehst jedenfalls noch genauso aus. Abgesehen vom Outfit.«

»Hab mich gut gehalten, was?« Ich reckte meinen Hals wie Greta Garbo (legendäre schwedische Filmdiva, auch bekannt als die »Göttliche«) und säuselte: »Ewig jung und schön.«

Klara kicherte, ehe ihr ganz offensichtlich ein Gedanke durch den Kopf schoss. Reportermäßig zückte sie Stift und Papier und lehnte sich vor. »Hast du eigentlich ein Spiegelbild?«

»Habe ich. Quasi. Bin ja kein Vampir!«

Sie runzelte die Stirn. »Was heißt jetzt wieder *quasi*?«

»Soll heißen, ich sehe mein Spiegelbild. Sonst niemand.«

Klara machte sich eine Notiz. Ich für meinen Teil war heilfroh, dass ich eins hatte. Sonst wären Make-up und Klamottenauswahl echt ein ziemliches Problem. Schreckliche Vorstellung!

»Hmm.« Klara tippte sich mit dem Zeigefinger ans Kinn. »Da du ja eigentlich unsichtbar bist, ist es nicht komisch, dass du dich spiegeln kannst? Physikalisch gesehen, meine ich.«

Mit einem Seufzer lehnte ich mich auf meinem Stuhlstapel zurück. »Tut mir leid, den Zahn muss ich dir gleich mal ziehen. Mit Naturwissenschaften kommt man bei mir nicht weit. Glaub mir, ich hab's versucht. Hatte viel Zeit, alle möglichen Theorien zu entwickeln. Fehlanzeige.«

Klara machte ein skeptisches Gesicht. Konnte ich ihr nicht verdenken.

»Pass auf«, sagte ich. »Im Wesentlichen kann ich mich nur so bewegen wie jeder andere Mensch auch, also nicht durch die Gegend schweben oder so. Andererseits kann ich durch Wände gehen, wenn ich es will. Du siehst, es ergibt alles keinen Sinn.«

Bedächtig legte Klara den Kopf schief und strich sich eine Strähne aus dem Gesicht. Über ihre Frisur sollten wir wirklich mal reden. Später natürlich.

»Mit anderen Sachen ist das ähnlich«, setzte sie an. »Du kannst zum Beispiel nicht verhindern, dass jemand durch dich durchgeht.«

»Genau. Was im Übrigen ziemlich fies ist. Deshalb bin ich schon Expertin im Ausweichen geworden. Du solltest mich mal sehen, Völkerball ist inzwischen das reinste Kinderspiel für mich!«

Sie schlug die Beine übereinander und verschränkte die

Arme. »In dem Fall sollte ich wohl bei dir Nachhilfe nehmen, in Völkerball bin ich nämlich total mies.«

Wohlweislich verkniff ich mir dazu einen Kommentar. Denn in ihrem Sportunterricht war ich über die Jahre natürlich schon oft gewesen. Und so gut Klärchen in der Schule auch war, Sport gehörte nicht gerade zu ihren Spitzenfächern.

»Ich kann dir gern ein paar Tricks zeigen«, sagte ich stattdessen. »Sport hab ich früher schon am liebsten gemacht.«

Angewidert verzog sie das Gesicht. »Ich nie. Hab's immer gehasst. Außer Schwimmen.«

»Hach, Schwimmen …« Ich schloss die Augen und stellte mir Massen von kühlem, klarem Wasser vor, in die ich eintauchen konnte. »Das ist eins der Dinge, die mir fehlen. Bin immer so gern am Meer gewesen.« Na gut, meistens hatte doch eher das heimische Freibad reichen müssen. In den Ferien Wegfahren war für meine Familie nicht so oft drin gewesen. Aber immerhin!

»Muss hart sein, hier nie rauszukommen.« Klara musterte mich mit einem aufmerksamen Blick, fast, als würde sie durch mich durch schauen können (was nicht ging, denn durchsichtig war ich nicht – Gott sei Dank!).

»Och, das ist schon okay«, versicherte ich ihr. Und das stimmte. Anfangs war es furchtbar gewesen. Aber der Mensch gewöhnt sich an alles. »Ich fühl mich wohl hier. Es gibt viele nette Menschen, interessanten oder zumindest lustigen Unterricht und jeden Tag genug Abwechslung.«

»Dir ist wirklich nie langweilig?«, fragte sie und guckte ziemlich ungläubig.

»Doch, klar, manchmal schon. Meistens an den Wochenenden und in den Ferien, wenn hier so rein gar nichts los ist.«

»Kann ich mir gut vorstellen«, sagte Klara.

In ihren hellen Augen sah ich, dass sie das wirklich verstand. Da war diese versteckte Dunkelheit, die nur durch eins entsteht: Einsamkeit. Bei Gelegenheit sollte ich sie mal fragen, was zwischen ihr und Tanja vorgefallen war.

»Und was genau machst du denn so den ganzen Tag?«, wollte sie wissen.

»Alles Mögliche«, sagte ich, total froh über ihr Interesse (und den Themenwechsel).

In der nächsten Viertelstunde erzählte ich ihr, womit ich mir neben dem Unterricht so die Zeit vertrieb. Zum Beispiel warf ich gern ein Auge auf die Kleinen, damit die sich nicht die Köppe einschlugen. Manchmal blies ich den heimlichen Rauchern aus der Mittelstufe das Feuer aus, wenn ich zufällig über die stolperte (was Klara ziemlich cool fand. Da waren wir also schon mal auf einer Wellenlänge, yay!). Hin und wieder war es auch ganz unterhaltsam, im Lehrerzimmer zu lauschen.

Ansonsten hatte ich mir über die Jahre alle möglichen Hobbys zugelegt, also alles, was sich hier so machen ließ. Malen, Basteln in jeder Form, Schnitzen, und so weiter und so fort. Ab und zu gönnte ich mir ein Stündchen im Internet, aber nicht sonderlich oft, damit es nicht auffiel. Und um ehrlich zu sein, Computer waren nicht so mein Ding, fürs Tippen brauchte ich irgendwie zu viel Konzentration, das ging nie lange gut.

»Nebenbei hab ich alle Bücher in der Bücherei gelesen, manche auch mehrmals, und sämtliche Sportarten durchprobiert. Bodenturnen geht übrigens wunderbar in den Fluren«, beendete ich meine Ausführungen.

»Wahnsinn«, flüsterte Klara. Sie wirkte glatt ein wenig beeindruckt.

Ich (Bescheidenheit in Person, jedenfalls manchmal) winkte bloß ab. »Man muss sich ja irgendwie beschäftigen.«

Sie schüttelte den Kopf. »Nein, es ist wirklich toll, wie du mit der ganzen Situation umgegangen bist. Andere wären sicher wütend gewesen.«

»Oh, das war ich auch.« Ich faltete die Hände auf dem Schoß. »Ganz am Anfang. Nur, wütend sein ist auf die Dauer ziemlich anstrengend. Das hab ich schnell gemerkt.« Genau genommen hatte ich eine Woche, nachdem ich hier gelandet war, in einem sehr schlimmen Wutausbruch ein paar Fünftklässler dermaßen erschreckt, dass sie schreiend davongelaufen waren (absolut keine Absicht, ehrlich!). Das war mir eine Lehre gewesen. »Mir wurde klar, dass ich womöglich zu einer Art Poltergeist werden würde, wenn ich nichts gegen die Wut tun würde. Und das machte mir viel mehr Angst als alles andere. Also hab ich mich auf andere Sachen konzentriert. Nebenbei hatte ich damals noch die Hoffnung, dass mich vielleicht mal jemand sehen würde.«

Womit wir wieder bei unserer ersten Begegnung waren. Klara gab zu, dass sie (wie von mir befürchtet) ernsthaft an ihrem Verstand gezweifelt hatte. Zumindest bis zu meinem (nun also bewiesenermaßen) genialen Jackson-Pollock-Plan.

Über den musste Klara erfreulicherweise jetzt lachen. »Mit Tinas Schuh-Tick hast du aber bestimmt nicht gerechnet, oder?«

»Doch, doch«, sagte ich. »Mir war klar, dass Ben so was in der Art versuchen würde.«

»Ach, Ben tut zwar gern ein bisschen gemein, aber eigentlich ist er total nett.«

Oho.

»Weiß ich.«

»Es ist irgendwie komisch«, sagte Klara nach einer kurzen Pause.

»Was?«

»Du kennst meine Klasse und mich schon seit der Fünften, aber ich weiß so gut wie nichts über dich.«

»Na, das können wir ja ändern!« Hah, da war wieder meine Begeisterung mit mir durchgegangen. Mist! Zurückrudern! »Ich meine, ich beantworte dir gern alle Fragen. Das heißt, wenn du welche hast.«

Klara hatte erst geblinzelt, jetzt lächelte sie wieder. »'ne ganze Menge sogar.«

Wow.

»Das freut mich«, meinte ich. Und das war die Wahrheit. Dass mich wieder jemand kennen würde … Dass ich meine Gedanken, alles, was mich interessierte, wieder mit jemand anderem als meinem Tagebuch oder den Fischis teilen konnte, war schlicht und ergreifend der Hammer. Dass ich vielleicht wieder eine Freundin haben würde. Ich traute mich noch gar nicht richtig, so was zu denken. Dafür war es noch zu früh.

Wir quatschten noch fast zwei Stunden, in denen ich endlich auch ein wenig mehr über Klara erfuhr. Malen lag ihr wirklich sehr am Herzen, das konnte ich ihr richtig ansehen. Außerdem hatte sie eine Katze, mit der sie gerne auf dem Balkon saß, um Blumen zu zeichnen (ihr Lieblingsmotiv). Und sie kochte unter der Woche fast jeden Abend für ihre Mutter, weil die meist lange arbeiten musste. Von einem Vater (oder irgendwelchen Freunden außerhalb der Schule) war nicht die Rede, also hakte ich auch nicht nach.

Es war so toll, ich vergaß völlig die Zeit. Irgendwann meinte Klara, sie müsse jetzt los, damit sie rechtzeitig (soll heißen: vor ihrer Mutter) nach Hause käme.

Ich begleitete sie bis zum Haupteingang. Als wir an *der Treppe* vorbeikamen, blieb Klara stehen.

»Hier war es, oder?«

»Hm.« Ich deutete auf *die Stelle*. »Genau da.«

Klara starrte auf den Boden. Natürlich gab es da nichts

Ungewöhnliches zu sehen, keinen uralten Blutfleck oder so was in der Art. Trotzdem packte mich immer das kalte Grausen, wenn ich länger als nötig dahin guckte.

Darum wandte ich mich lieber ab und spazierte schon mal zur Tür.

»Schon komisch«, sagte Klara schließlich, als sie mir folgte. »Wie sich der Blick auf etwas, das man jeden Tag sieht, so auf einen Schlag ändern kann. Ich glaub, ich werd' nie wieder diese Treppe nehmen können, ohne daran zu denken, was dir hier passiert ist.«

»Ich wollte dir keine Angst machen, ehrlich«, rief ich erschrocken.

»Hast du nicht, keine Sorge.«

Wir standen uns gegenüber und sahen uns einen Moment an. Was jetzt?

Plötzlich streckte Klara mir die Hand hin. Verdutzt glotzte ich darauf.

»Geht das?«, fragte sie unsicher.

»D-denke schon«, stammelte ich.

Vorsichtig legte ich meine Hand in ihre, wobei ich mich mit aller Kraft daran zu erinnern versuchte, wie es sich anfühlte, jemandem die Hand zu geben. Klara drückte kaum zu, darum klappte es wahrscheinlich.

»Und?«, fragte ich ängstlich. »Wie fühlt es sich an?«

»Vermutlich sollte ich jetzt *kalt* sagen, aber eigentlich … lauwarm. Und weich.«

Mit einem nervösen Lächeln auf den Lippen zuckte sie die Achseln und wir ließen los. In mir toste wieder diese goldene Glückswoge, so dass ich mich echt zusammenreißen musste, ihr nicht um den Hals zu fallen.

»Das ist toll«, sagte ich stattdessen nur und strahlte sie an.

»Okay«, sagte sie, auf einmal wieder schüchtern. »Dann … bis morgen?«

»Ja, bis morgen!«

Ich winkte ihr nach, bis sie über der Straße und damit aus meinem Blickfeld verschwunden war. Danach wirbelte ich um die eigene Achse. »Das war der absolut beste Tag aller Zeiten!«

Den ganzen Abend über veranstaltete ich meine Ein-Frau-Privat-Disco quer durch die Schule, so dass sogar die Putzfrauen meinten, es wäre was im Gange. Für dieses eine Mal war mir das egal.

SPORT IST MORD (AUSSER FÜR MICH)

oder: Mein erster und trotzdem absolut bühnenreifer Auftritt

Am nächsten Morgen traute ich mich, auf den Stufen direkt am Haupteingang auf Klärchen zu warten. Ganz nah an die Wand unter dem Geländer gequetscht, war ich vor Füßen und Beinen einigermaßen sicher.

Als Klara eintrudelte, entdeckte sie mich sofort. Einen Moment wirkte sie überrascht, ehe sie mich mit ihrem inzwischen patentierten Mini-Winken begrüßte. In Nullkommanichts war ich auf den Beinen. »Schönen guten Morgen!«, rief ich.

Sie bewegte nur die Lippen, denn vor ihr lief jemand die Stufen hoch. »Morgen.« Wir grinsten uns an und auf ging es zur ersten Stunde.

Heute hatte ich das Glück, von Klärchens Pech mit dem Stundenplan profitieren zu können. Sie hatte acht Stunden am Stück, kein Koop, und so konnte ich den ganzen Tag bei ihr bleiben. Genau wie gestern hielt ich mich größtenteils zurück, damit ich sie nicht ablenkte. Den einen oder anderen Kommentar konnte ich mir aber doch nicht verkneifen, weil ich es einfach so gewohnt war. Zum Glück nahm Klara mir das nicht übel, im Gegenteil, sie schien das sogar ziemlich witzig zu finden. Vielleicht bildete ich mir das ja nur ein, aber mir kam es so vor, als hätte sie heute ein bisschen mehr Spaß am Unterricht als sonst. Oder, überhaupt Spaß.

In den Pausen blieb sie in einem der Klassenräume und für den Fall, dass jemand vorbeikam, führten wir unsere Unterhaltung wieder halb geschrieben (Klara) und halb gesprochen (ich).

Zum Beispiel:

Ich: »Du kannst ruhig rausgehen bei dem schönen Wetter. Für mich musst du nicht hier rumhängen.«

Klara: *Nö, ich bleib lieber bei dir. Bin nicht so der Draußen-Typ.*

Ich: »Ach so? Da war ich in deinem Alter ganz anders.«

Klara: *So viel älter bist du doch gar nicht. Nicht wirklich.*

Ich: »Quasi.«

Kurz gesagt: Wir hatten Spaß.

So verging der Schultag ohne große Vorkommnisse. Niemand merkte, dass Klara im wahrsten Sinne des Wortes »jemanden neben sich laufen hatte« (meine Mutter benutzte diesen Ausdruck immer für Leute, die sie für nicht ganz dicht hielt).

Dann war es Zeit für Sport, siebte/achte Stunde. Seit Beginn des neuen Schuljahrs hatte ich der 7b noch gar nicht beim Herumturnen zugeschaut. In der 6c machten sie nämlich gerade Trampolinspringen, was immer beste Unterhaltung versprach, und in der 9a spielten sie Feldhockey, was ich total spannend fand.

Insofern war ich überhaupt nicht im Bilde, was die Siebener gerade so trieben. Wusste bloß, dass die ganze Stufe in zwei Kurse aufgeteilt worden war, je nach »sportlicher Perspektive«. Der Begriff war meiner Meinung nach übrigens echt irreführend, klang sehr nach Zukunftsplanung, von wegen Profisportler werden oder so. Klara hatte *Tanzen* gewählt. Da war ich wirklich mal gespannt.

Auf Grund der für mich etwas umständlichen Tatsache, dass man die Turnhalle nur vom Hof aus betreten konnte, machte ich mit Klara ab, dass wir uns direkt dort treffen würden. Okay, auch wegen unseres ersten, etwas peinlichen Zusammentreffens im Mädchenklo wollte ich nicht mit in die Umkleide gehen. Vor allem, da ich mich ja nicht umzuziehen brauchte (jedenfalls nicht so wie die anderen), wäre das vielleicht doch etwas komisch gewesen.

Unsere Wege trennten sich darum in der Pausenhalle, die um diese späte Uhrzeit ruhig und verlassen vor sich hin dämmerte, denn die Kleinen waren natürlich längst zu Hause. Während Klara durch die Tür auf den Innenhof ging, nahm ich die Treppe in den ersten Stock, suchte mir eins der Klassenzimmer mit Blick auf die Sporthalle und trat durch die verschlossene Tür. An der Wand prangte ein riesiges Bild frei nach Monet. Gar nicht mal schlecht gemacht.

»Auf zum Sport!«, verkündete ich mit hochgereckter Faust.

Selbstmotivation war seit jeher der Schlüssel für mich. Aus Spaß an der Freud' kletterte ich auf den nächsten Tisch, lief über die aneinandergestellten Tischreihen bis zum Fenster und sprang Kopf voran in hohem Bogen hinaus.

»Ich fliiiege«, rief ich, machte einen formvollendeten Salto und landete im Matrix-Style auf dem Dach des kleinen Wartungshäuschens, das wie ein Bienenstock zwischen Sporthalle und Schule klebte (rein ging ich da ungern, weil es immer mit Geräten vollgestellt war und ich keine Lust hatte, noch mal in einen Rasenmäher zu latschen). Von dort aus gelangte ich direkt zu dem großen grauen Klotz, der unsere Turnhalle darstellte.

Weil mir heute so sportlich zu Mute war (und wahrscheinlich auch, weil ich einfach zu gute Laune hatte), nahm ich Anlauf und sprang in einem absolut rekordverdächtigen Satz auf die Turnhalle drauf.

»HAH! Wer braucht schon ein Trampolin?«, verkündete ich triumphierend und genoss für einen Moment die Aussicht, ehe ich mich gekonnt durch das flache Dach der Turnhalle fallen ließ. Knisternd rauschte ich durch mindestens zwei Schichten Was-auch-immer. Dann kam der freie Fall.

Über die gesamte Höhe der Turnhalle (und Turnhallen sind hoch!).

»Jihaaaaaaaaaaaa«, schrie ich und ruderte begeistert mit den Armen. Butterweich setzte ich auf dem gebohnerten Boden auf. Schade, dass mich jetzt keiner gesehen hatte.

Die zehn Minuten, bis Klärchen zusammen mit den anderen Mädels eintrudelte, vertrieb ich mir mit Löcherzählen. Die unterste Schicht der Turnhallendecke bestand nämlich aus einem grünlichen Zeug, das wie dicke Pappe aussah – und genauso leicht kaputtging. Zum Beispiel durch Bälle. Und wie jeder weiß, Bälle gibt es in einer Turnhalle eine ganze Menge.

Niemand dagegen weiß, wie es angefangen hat, wer also den allerersten Ball kickte. Doch irgendwann begannen die Schüler dieser ehrwürdigen Lehranstalt, die Bälle bis zur Decke ihrer schönen Turnhalle zu schießen. Und darüber hinaus. Ergebnis: Schweizer Käse.

Gerade war ich bei 23 angekommen, als die Tür aufschwang und die Mädels reinschneiten. Gemächlich schlenderte ich zu Klara hinüber, die sich bereits von den anderen abgesondert hatte. Warum sie das wohl immer machte? Schon bevor sie mich sehen konnte, war mir das aufgefallen, es konnte also nicht an mir liegen. Darüber sollten wir bei Gelegenheit mal reden, schließlich machte sie sich damit nur selbst das Leben schwer.

Von ihrem Modegeschmack ganz zu schweigen. Okay, es war nur Sport, aber: ausgebeulte Jogginghose plus Schlabber-

T-Shirt? Ging's noch schlimmer? Sie hatte doch eine tolle Figur! Bisschen flach vielleicht, aber verstecken musste sie sich wirklich nicht. Noch ein Punkt für meine Liste.

Egal war ihr selbiger Punkt offensichtlich auch nicht, denn als ich neben ihr stand, murmelte sie: »Die Hotpants sind süß.«

»Danke«, strahlte ich.

In der Tat, die gelb-weiß gestreiften Hotpants waren meine Favoriten für Sport, eben darum. Dazu das weiße Top mit den breiten Trägern – perfekte Kombination. Schließlich war ja noch Sommer!

Klara rieb sich die Nase. Unter ihrer Hand hervor fragte sie: »Willst du denn mitmachen?«

»Nö, wieso?«

»Na, weil du dich umgezogen hast.«

»Ich pass mich nur der Situation an«, sagte ich vergnügt und hüpfte in meinen weißen Turnschuhen auf und ab, so dass mein Haar, das ich zu zwei hoch angesetzten Zöpfen arrangiert hatte, nur so herumwirbelte. Klara verbarg ihr Lachen unter einem Husten und wandte sich ab.

»Wie funktioniert das eigentlich mit deinen Klamotten?«, fragte sie dann aus dem Mundwinkel.

»Ganz einfach: Ich denke an das, was ich anziehen will, und – zack – erscheint es.«

Klara machte große Augen. »Praktisch!«

»Nicht wahr? Ich brauche keinen meterlangen Kleiderschrank oder Geld oder Kataloge. Könnte sogar gratis Haute Couture tragen. Wenn ich wollte. Hab herausgefunden, dass die meisten von diesen teuren Fummeln total unbequem sind.«

Wir hätten in ein richtig schönes Mädelsgespräch über Mode einsteigen können, wäre in dem Moment nicht Herr Brüggen (seines Zeichens kerniger Mittvierziger und erklärter Eishockey-Fan) reingekommen, um direkt das Kommando zu übernehmen.

»So, meine Damen …«

Wie Klara mir heute früh berichtet hatte, kämpfte Herr Brüggen sprachlich immer noch mit dem Umstand, einen reinen Mädchenkurs zu haben. Weshalb aus seinem ursprünglichen »Meine Damen und Herren« nur widerwillig die Herren rausfielen.

»Heute hat er ja tatsächlich mal dran gedacht«, sagte ich. Klaras Mundwinkel zuckte.

Nachdem sich alle um ihn versammelt hatten, fing Herr Brüggen noch mal an. »Meine Damen. Weil wir heute die ganze Halle für uns allein haben, schlage ich vor, dass wir zur Abwechslung mal eine Runde Brennball spielen.«

Allgemeines Aufstöhnen.

»Äh, Herr Brüggen«, meldete sich Tina zu Wort (wie immer sehr schick und natürlich angemessen figurbetont, voll das Kontrastprogramm zu Klärchen), »Sie wissen aber schon, dass wir *Tanzen* gewählt haben und nicht *Ballspiele*?«

»Ja, Tina, das weiß ich. Aber nach zwei Wochen Aerobic dachte ich, ihr möchtet auch mal was anderes machen.«

Allgemeines Murren. Doch man erhob sich.

»Ist wohl eher so, dass *er* unbedingt was anderes machen will«, flüsterte Tina Rabea zu.

»Kann man dem armen Mann auch nicht verdenken«, wandte ich ein.

Klara, die hinter den beiden herschlurfte, zuckte die Achseln.

»Also, mir tut er schon etwas leid«, fuhr ich fort, während sie half, die großen Matten in die Halle zu schieben. »Er hat den Kurs nur in letzter Minute aufs Auge gedrückt bekommen, weil Frau Bluhm mit ihrem Mann nach Frankreich durchgebrannt ist.«

Das Ganze hatte sich nach den Sommerferien wie ein Lauffeuer in der Schule verbreitet. Bei der Lehrerkonferenz zum Thema war es recht hoch hergegangen. Herr Schetzlein, der mit dieser Situation irgendwie zurechtkommen musste (leicht überfordert), Herr Brüggen, der partout keinen Tanzkurs leiten wollte (leicht sauer), und unser armer Direktor, der ja nun auch nichts dafür konnte (leicht verzweifelt). Ich hatte auf dem Schrank gehockt und mir Popcorn gewünscht. Das Highlight meiner Ferien.

Nachdem der Parcours aufgebaut war, fehlten nur noch die Mannschaften. Klara atmete merklich auf, als Herr Brüggen die Sache abkürzte und einfach abzählte.

Ihre Mannschaft musste zuerst über den Parcours. Die Mädels stellten sich hintereinander auf, die Erste warf den Ball ins Feld und rannte los. Ich gesellte mich zu Klara, deren Gesicht einen dumpfen Ausdruck von trauriger Resignation angenommen hatte. Jap, sie hasste dieses Spiel eindeutig.

Fieberhaft dachte ich nach. Was könnte ich tun, um sie aufzuheitern? Natürlich ohne dabei unangenehm aufzufallen. Ich beschloss, sie besser nicht zum Lachen zu bringen. Sondern ihr anderweitig ein bisschen … unter die Arme zu greifen. Wie wörtlich ich das nehmen musste, würden wir dann schon sehen.

Es war so weit. Klara bekam den Ball zugeworfen. Einen Moment lang machte ich mir Sorgen um ihre zarten Künstlerhände. Ihre Augen taxierten die Lage auf dem Feld. Sie hob den Ball über den Kopf, als wolle sie das verhasste Ding (sie verabscheute Ballspiele jeder Art) wirklich fest davonpfeffern. Doch plötzlich ließ sie ihn einfach fallen und rannte los.

Die gegnerische Mannschaft geriet unter lauten Rufen in Bewegung. Offenbar hatten sie mit so einem Zug schon gerechnet, denn sie sammelten den Ball in Nullkommanichts ein und versenkten ihn in dem umgedrehten Kasten. Klara hatte es gerade bis zur ersten Matte geschafft.

Ich joggte los, um zu ihr aufzuschließen. »Werfen ist nicht gerade deine Spezialität, was?«

»Konnte ich noch nie«, wisperte sie.

Bundesjugendspiele mussten die Hölle für sie sein.

»Der geht weit«, bemerkte ich, den Blick auf die nächste Werferin, Rabea, gerichtet. Das kleine Energiebündel (Typ Funkenmariechen) holte richtig aus und der Ball sauste mit Schmackes davon.

»Los, los!«, feuerte ich Klara an, die wie der geölte Blitz davonrannte, überraschend behände über den Bock sprang und mit fliegendem Pferdeschwanz den Mattenberg erreichte. Der war mindestens zwei Meter hoch und viel Zeit blieb ihr nicht mehr, die anderen fingen den Ball gerade ein.

»Los, du schaffst es!«

Von mir angespornt begann sie, die rutschige blaue Wand hochzukraxeln. Der Ball flog quer durch die Halle, Richtung Kasten. Sie würde es nicht schaffen.

Mit einem Satz sprang ich auf den Mattenberg und packte Klaras Arme. »Komm, ich zieh dich hoch.«

Wie ein gehetztes Reh sah sie zu mir auf.

»Keine Sorge«, beruhigte ich sie.

All meine Konzentration wanderte in meine Hände. All meine Gedanken fokussierten sich voll und ganz auf diese eine Sache, diese eine Bewegung. Ich zog mit aller Macht. Klaras Hände erwischten den Rand. Sie klammerte sich fest, so gut es ging.

Ich zog weiter. Jetzt waren ihre Ellbogen drüber. Und dann –

»Geschafft!«

Prustend und ächzend fielen wir beide auf die oberste Matte, im gleichen Moment knallte der Ball in den Kasten.

»YAY!«

Mit geballter Faust sprang ich wieder auf.

»Das war super, Klara!«

Klärchen schnappte zwar heftig nach Luft, schaffte aber trotzdem ein Grinsen. Unnötig zu erwähnen, dass unsere Mannschaft das heutige Spiel gewann. Hah!

SCHON WIEDER GEWITTER!

oder: Kellergeschichten über Familie, Freunde und den ganzen anderen Kram

Es war super, endlich wieder so richtig am Unterricht (oder überhaupt an irgendwas) teilnehmen zu können. Dank Klara war ich nicht länger nur Zuschauerin, sondern eine (fast) normale Schülerin. *Quasi-Gymnasiastin* nannte Klärchen das. Ich blieb den ganzen Tag bei ihr, nur wenn sie Koop hatte, drehte ich eine Runde durch die Schule, schaute mal hier und mal da rein, oder ich leistete dem kleinen Möchtegern-Schläger Roman Gesellschaft (der Junge war mir immer noch ein Rätsel).

In Klaras Freistunden und immer öfter auch nach der Schule kam sie mit in mein Geheimversteck. Ihre Mutter arbeitete ja den ganzen Tag und darum merkte es niemand, wenn Klara nicht direkt nach Hause sauste. (Außer ihrem Kater vielleicht, aber der kam auch gut allein klar.)

Natürlich versuchte ich nach Kräften, ihr bei schulischen Dingen nicht im Weg zu stehen – eher im Gegenteil. Nicht nur in Sport half ich ihr ein bisschen auf die Sprünge, wir machten auch oft zusammen Hausaufgaben und als die ersten Arbeiten anstanden, lernten wir gemeinsam und ich fragte sie ab.

»Aber du darfst mir nichts vorsagen«, mahnte Klara mit erhobenem Zeigefinger.

»Versprochen«, erwiderte ich mit der Hand auf dem Herzen. »Selbst wenn du während der Arbeit einen totalen Blackout hast und auf eine Sechs zusteuerst, gelobe ich, meinen Mund zu halten.«

Der Zeigefinger knickte ein. »Also … Dann könntest du mir ja vielleicht einen kleinen Tipp geben … Aber nicht die ganze Lösung.«

O Mann, Klärchen war echt eine Vollblut-Streberin, grundehrlich, fleißig und mit einem Blackout als allergrößtem Schreckgespenst.

»Okay, das ist die absolute Ausnahme. Über so was würde ich mir aber an deiner Stelle keine Sorgen machen. Oder hattest du schon mal einen richtigen Aussetzer?«

Energisch schüttelte sie den Kopf. »Zum Glück nicht!«

Meine Belustigung über ihre großen Augen verbarg ich hinter einem Nasereiben. Jemand, der so gut vorbereitet war, bekam es nur höchst selten mit diesem speziellen Problem zu tun.

Klara goss sich noch etwas Tee aus ihrer Thermoskanne ein, die sie heute mitgebracht hatte. Grüner Tee half ihr angeblich beim Denken. Außerdem war es in meinem Geheimversteck nicht besonders warm, seit der erste zünftige Herbststurm eingesetzt hatte. Von wegen *Goldener Oktober* und so.

Auch heute hatte ich wieder voller Sorge den wolkenverhangenen Himmel beobachtet. Und Tatsache, wie wir jetzt hier, Anfang der sechsten Stunde (Klaras Freistunde am Mittwoch), in meinem Versteck zusammensaßen, grummelte der erste Donner in der Ferne.

»Och nö«, stöhnte ich und schnitt eine Grimasse.

Klara sah von ihren Lernblättern (in verschiedenen Farben angestrichen und mit unzähligen Querverweisen) auf. »Hm? Was ist?«

»Ach, nichts. Nur das blöde Gewitter …«

»Sag bloß, du hast Angst vor Gewittern?« Sie starrte mich an wie das achte Weltwunder.

Kläglich nickte ich.

»Wieso das denn?« Netterweise versuchte sie, sich das Lachen zu verkneifen.

»Das kommt von meinem Vater. Als wir klein waren, mussten wir bei Gewitter immer alle aufstehen, sogar mitten in der Nacht, und uns auf die Kellertreppe setzen. Ich hab jedes Mal geheult und mein Bruder hat mich deswegen aufgezogen. Seitdem verkrümle ich mich immer schnellstens runter in den Keller.«

»Das kann ich verstehen. Wenn man so was in der Kindheit erlebt hat … Eigentlich war es dann aber dein Vater, der Angst vor Gewittern hatte, oder?«

»Hm. Ich glaube, es hat ihn an den Krieg erinnert. Er hat nie drüber gesprochen.«

Nachdenklich legte Klara den Kopf schief. »Mein Opa schon. Er war noch ganz jung damals.«

Für einen Moment hingen wir unseren Gedanken und Erinnerungen nach. Da donnerte es wieder. Unwillkürlich zog ich den Kopf ein.

»Es kommt näher!«

»Möchtest du in den Keller?«, fragte Klärchen.

»Nein, geht schon, denke ich.« Ein leichtes Zittern stahl sich in meine Stimme, aber ich setzte ein halbwegs tapferes Lächeln auf.

Klara legte ihre Lernblätter beiseite. »Dann lass uns ein bisschen quatschen. Das lenkt ab.«

»Okay … Worüber denn?«

»Hmm … Erzähl mir einfach noch was von deiner Familie. Bisher weiß ich nur, dass dein Vater Automechaniker war und Angst vor Gewittern hatte, dass deine Mutter eine super Hausfrau war und einen unnachahmlichen Apfelkuchen machen konnte, und dass dein kleiner Bruder unbedingt Rennfahrer werden wollte.«

Holla, da hatte aber jemand gut aufgepasst. Den Kuchen hatte ich höchstens einmal so nebenbei erwähnt.

»Das ist doch schon mal eine ganze Menge«, wandte ich

fahrig ein. Mit meiner Konzentration war es gerade nicht zum Besten bestellt. Es donnerte wieder und ich zuckte heftig zusammen.

»Oder erzähl mir was von *dir*«, blieb Klara eisern. »Da hab ich immer noch Nachholbedarf.«

»Na gut«, gab ich nach. »Frag mich was.«

»Okay … Was wolltest du später mal machen?«

»Später?«

»Na beruflich, nach der Schule.«

»Oh, ach so, das meinst du.« Ich überlegte. »Eigentlich wollte ich immer Kindergärtnerin werden. Oder Floristin. Leider war mein Vater der Meinung, ich sollte aufs Büro. Er kannte da jemanden in einer Spedition und das war's dann.«

Klärchen riss die Augen auf. »Wie? Das wurde einfach bestimmt? Hast du dich denn nicht dagegen gewehrt?«

»Das war damals eben so. Ich weiß, kann man sich heute gar nicht mehr vorstellen. Aber ich war schließlich erst fünfzehn, als ich angefangen hab zu arbeiten. Da hat man noch auf die Eltern gehört.«

Klara wirkte ernsthaft bestürzt. »Meine Güte.«

»Ach, so schlimm war es auch wieder nicht«, wiegelte ich ab. »Ich war jetzt nicht direkt unglücklich. Meine Kollegen waren alle ganz nett und die Berufsschule war meistens lustig. Und das Schwänzen auch.«

Ich grinste, ohne ganz den gewünschten Effekt zu erzielen. Klara sah immer noch nicht überzeugt aus. Trotzdem hakte sie nicht weiter nach. Vielleicht dachte sie, sie würde in alten Wunden bohren. Stattdessen meinte sie plötzlich: »Sag mal, wie wäre es eigentlich, wenn ich ein wenig nachforsche, was aus deiner Familie geworden ist? Würdest du das nicht gern wissen?«

Oh. Weia. Jetzt hatte sie mich aber kalt erwischt.

»Doch … das wäre schon schön … Und das würdest du für mich tun?«

Sie nickte. »Ja klar, gern sogar! Ich gehe einfach noch mal ins Stadtarchiv. Und vielleicht finde ich ein bisschen was im Internet.«

Ich könnte jetzt nicht behaupten, dass ich da nicht auch schon mal dran gedacht hätte, seit Klara die Artikel über mich mitgebracht hatte. Nur, sie danach zu fragen … Um ehrlich zu sein, hatte ich ein wenig Angst. In der ersten Zeit hier hatte ich natürlich ständig an meine Familie gedacht. Irgendwann hörte das ganz langsam auf, ohne dass ich es richtig bemerkte. Und jetzt, nach all den Jahren …

»Hast du Angst, was dabei herauskommen könnte?« Klara musste mein Zögern bemerkt haben.

»Kannst du Gedanken lesen oder was?«, rutschte es mir raus.

»Quatsch, ist doch logisch, dass du dir darüber Sorgen machst. Manche Dinge will man lieber nicht wissen.«

In diesem letzten Satz hörte ich mehr als nur Anteilnahme heraus.

»Geht dir wohl genauso, was?«

Überrascht sah sie auf. Und dann donnerte es so laut, dass ich mir quiekend die Ohren zuhalten musste.

»Wir ziehen wohl doch besser in den Keller um«, sagte Klara, als ich mich wieder eingekriegt hatte.

»Okay, ich geh schon mal vor«, rief ich schnell, schloss die Augen und ließ mich fallen.

Mit Karacho rauschte ich durch die vier Stockwerke unserer Schule, bis ich auf dem harten Kellerboden aufschlug und mich Stuntman-mäßig abrollte. In der totalen Dunkelheit des Jungenklos (wuäh übrigens) nahm ich die Beine in die Hand und spurtete in mein Gewitterversteck unter der Treppe. Hier kauerte ich mich zusammen und umklammerte meine Beine. Erst jetzt fiel mir ein, dass ich Klara gar nicht gesagt hatte, wo sie mich finden würde. Ups. Sollte ich wieder aufstehen und hochgehen?

Es donnerte, dass die Wände wackelten, und ich legte diesen Plan erst mal ad acta. Ein paar Minütchen später hörte ich Schritte auf der Treppe.

Dann ein Flüstern: »Nelly? Bist du hier irgendwo?«

»Hier!«, meldete ich mich und winkte aus meinem Versteck.

Klara kam um die Ecke. »Bist du in Ordnung?«

Ich nickte. Und dann fiel mir ein, dass sie das im Dunkeln wohl kaum sehen konnte.

Also sagte ich: »Ich bin okay.« Halbwegs …

»Soll ich dich jetzt noch ein bisschen ablenken?«, fragte sie und setzte sich zu mir.

»Das wär toll.« Mir wurde ganz warm ums Herz (Einbildung, schon klar), am liebsten hätte ich geheult. Klärchen war wirklich ein Schatz! Ich stützte das Kinn auf meine angezogenen Knie. »Wir waren gerade bei Dingen, die man lieber nicht wissen will.«

»Ach ja.« Sie zögerte.

»Hat das was mit Tanja zu tun?«, fragte ich aufs Geratewohl.

Ihre Schultern wurden starr. Hoppla, Nelly, zu direkt.

»Wenn du nicht drüber reden willst, ist das okay.«

Eine Weile blieb alles still bei uns unter der Treppe. Nur der Regen prasselte draußen laut auf die Straße und die Bäume rauschten im Wind. Es blitzte, der Treppenabsatz gleißte kurz in weißem Licht, um gleich wieder in blauschwarzer Dunkelheit zu versinken.

In dem wabernden, kalten Schwarz hallte Klaras Stimme fast unheimlich wider. »Letztes Schuljahr, kurz vor den Sommerferien, ist Tanja auf die Geburtstagsparty von Sonja gegangen.«

»Ohne dich?« Die beiden hatten in der Schule ständig zusammengesteckt, so dass ich mir früher vorgestellt hatte, sie würden in ihrer Freizeit wirklich alles zusammen machen.

»Ich bin nicht so der Party-Typ«, meinte Klara ausweichend.

Hätte ich mir auch gleich denken können.

»Jedenfalls hatte Tanja ziemlich viel Spaß.«

»Wohl ein bisschen *zu* viel?«, riet ich.

»Beim Flaschendrehen sollte sie ein Geheimnis verraten, das nur sie kennt.« Klaras Stimme wurde bitter.

»Und das war eins von dir.«

Im Dunkeln sah ich sie den Blick zur Seite wenden. Sie zog die Knie an und schlang die Arme um ihre Beine, als wollte sie mich imitieren. Oder als wäre ihr sehr, sehr kalt. Schließlich legte sie den Kopf auf die Knie und ich dachte schon, das Thema sei damit durch.

»Sie wusste als Einzige, dass mein Vater uns damals verlassen hat«, sagte sie schließlich.

Das war mir neu. »Hat er echt?«

Sie nickte und presste kurz die Lippen aufeinander. »Ich war noch im Kindergarten. Meine Eltern haben damals oft gestritten. Eines Tages ist er einfach gegangen.«

»Mensch, Klärchen, das ist ja furchtbar.« Das Gewitter war vergessen. Ich legte ihr die Hand auf die Schulter, auch wenn sie es kaum fühlen würde. »Und er ist nie zurückgekommen?«

Stumm schüttelte sie den Kopf.

Grüne Neune. Meine Kehle schnürte sich zusammen (wenn auch nur in meiner Vorstellung).

»Weißt du denn, weshalb sie sich getrennt haben?«, fragte ich.

»Mein Vater hatte 'ne Andere.«

»Verdammt.« Mehr fiel mir dazu beim besten Willen nicht ein.

Klara seufzte. »Tja, er war eben ein Mistkerl. Trotzdem will man ja nicht, dass alle Welt das weiß.«

Danach hatte Klara kein Wort mehr mit Tanja geredet, bis die in den Sommerferien weggezogen war. Einerseits konnte ich das durchaus verstehen, andererseits wäre ja vielleicht alles wieder gut geworden, wenn die beiden sich richtig ausgesprochen hätten. Denn bei so was gab es – erfahrungsgemäß – immer zwei Seiten. Vielleicht hatte Tanja gar nicht gewusst, dass Klara so darunter litt. Und Klara schien auch ziemlich stur sein zu können (gut zu wissen).

»Aber wieso hast du dir keine neuen Freunde gesucht?«

Sie zuckte die Achseln. »Ich wollte mich nirgendwo anbiedern. Mit ein paar Leuten komme ich ja ganz gut aus, aber nicht mit ihren jeweiligen Cliquen.«

»Ach was, das bildest du dir nur ein«, versuchte ich sie aufzumuntern.

Es stimmte zwar, dass meine Lieblingsklasse schon lange aus lauter festen Grüppchen bestand, trotzdem sah ich darin keinen Grund für Klara, sich nicht einer von denen anzuschließen. Das Mädel hatte einfach zu wenig Selbstvertrauen, wenn's um solche Sachen ging. Daran müssten wir wirklich mal arbeiten. Fragte sich nur, wie …

»Ist ja auch egal«, sagte Klara.

»Egal ist 88!«, wetterte ich.

Sie gluckste. »Nein, ich mein's ernst, seit ich dich kenne, ist mir das wirklich egal.«

Ich hielt (virtuell) die Luft an, denn ich konnte kaum glauben, was ich da hörte. »Also … das heißt, wir sind Freundinnen?«

»Würde mich jedenfalls sehr freuen«, antwortete sie schüchtern.

»Und mich erst! Mensch, Klärchen, du kannst dir gar nicht vorstellen, *wie* ich mich freue!« Vor lauter Begeisterung klatschte ich in die Hände.

Eine kleine Stimme in meinem Hinterkopf meldete allerdings Bedenken an. Von wegen, eine wie mich als einzige Freundin zu haben, könnte leicht ungesund sein …

Solchen Kram wollte ich jetzt nicht hören, also schob ich diese Gedanken weg und quatschte weiter mit Klara, bis das gemeine Gewitter endlich vorbei war.

CHEMIETEST MIT EINLAGE

oder: Unser Spezial-Kriseninterventionsteam eilt zur Rettung!

Am nächsten Morgen spazierte ich pünktlich zum Ende der großen Pause in die Eingangshalle, um auf Klara zu warten, die auf ihrem Weg von der Bushaltestelle (Koop) hier durchkommen würde. Gut gelaunt dachte ich an gestern zurück, während ich mich zwischen einen Pfeiler und eine Vitrine quetschte, damit die Kinder nicht durch mich durch rannten.

Zum Glück hatte das Gewitter nicht mehr allzu lange gedauert, so dass ich Klara zur nächsten Stunde begleiten konnte. Vor dem Aquarium im Fischi-Flur waren wir kurz stehengeblieben und ich weihte sie stolz in meine Namensgebung für die Fischis ein.

Klärchen hob die Brauen. »Okaaay … Willst du wissen, wie sie bei mir heißen würden?«

»Klar doch!« Ich wartete gespannt.

Sie zeigte auf jeden einzelnen Fischi. »Dann wären das in meinem Fall Elizabeth Bennet, Ieiri Leo und Yu-chan.«

Ich musste sie ziemlich verständnislos angeglotzt haben, denn Klara lachte und meinte: »Ich bring dir demnächst ein paar Bilder mit.«

Dabei hatte sie so ein verschmitztes Glitzern in den Augen gehabt, das mich richtig neugierig machte. Mal gucken, ob ich sie dazu gleich noch ein bisschen ausquetschen konnte …

Die Pausenhalle leerte sich allmählich, die nächste Stunde ging jeden Moment los. Mein Blick schweifte zum Eingang. Die ersten Leute aus der 7b trudelten vom Hof rein. Mit dem nächsten Grüppchen stiefelte auch Klara selbst durch die Tür. Sofort verließ ich mein kleines Versteck und winkte ausgelassen: »Klärchen!«

Ein kurzes Zucken im Mundwinkel ihrerseits zeigte an, dass sie mich gesehen hatte. Leichtfüßig trippelte ich an ihre Seite und gemeinsam warteten wir darauf, dass sich die Tür zum Chemiesaal öffnen würde. Wie immer plapperte ich auf Klärchen ein, um uns die Wartezeit zu verkürzen. Sie nahm das ganz gelassen hin (musste sie auch, denn in Gegenwart der anderen konnte sie mir ja schlecht antworten – war mir also hilflos ausgeliefert, hähä).

»Letzte Nacht hab ich über deine Namensauswahl für die Fischis nachgedacht. Lizzy Bennet aus *Stolz und Vorurteil* ist klar. Die anderen beiden«, ich zögerte und suchte in ihrem Gesicht nach einem verräterischen Hinweis, »klingen für mich japanisch. Richtig?«

Fast unmerklich zuckte ihre Nase.

»War das ein Ja? Das war ein Ja, oder?« Aufgeregt hüpfte ich auf und ab. »Ich wette, ich hab Recht. Worum wollen wir wetten? Ach richtig, du wettest ja nicht. Na gut. Übrigens war wegen dem Frost ein ganz toller Sternenhimmel, beinahe konnte man die Milchstraße sehen. Leider nur beinahe. In solchen Nächten nervt mich die Lichtverschmutzung in der Stadt echt total. Bei uns auf dem Dorf war das früher nicht so schlimm. Bei weitem nicht! Schade, dass ich fürs Sternegucken damals keinen Sinn hatte.«

Klara deutete hinter vorgehaltener Hand ein Gähnen an und warf mir einen fragenden Blick zu.

»Ob ich nicht müde war? Nö, du weißt doch, dass ich nie schlafe. Folglich bin ich auch nie müde. Oder eher umgekehrt.«

In diesem Moment öffnete sich wie von Zauberhand (aka Herr Blümchen) die Tür des kleinen Chemiesaals, alles raffte Taschen und Jacken zusammen und wir strömten hinein ins Warme. Heute stand der erste Test an, entsprechend nervös waren Gespräche und Gelächter. Klara packte ihr Schreibzeug aus, legte Stifte und Blätter bereit und stellte ihren Glücksbringer auf (ein klitzekleines Kätzchen, das eine Pfote angehoben hatte, als würde es winken). Sie war ja so ordentlich, zu süß!

Schräg hinter ihr saß Ben, unser aller Lieblings-Charmebolzen, mit seinem Kuli (genau, nur *ein* Kuli) und kramte in seinem Rucksack. Als er aufschaute, fiel sein Blick auf uns (bzw. auf Klara). Er tippte sie an.

»Klara? Kann ich mir vielleicht ein Blatt von dir leihen?«

Wortlos nickte sie und reichte ihm eins von ihrem Stapel.

»Danke.« Er schenkte uns sein Strahlemann-Lächeln.

»Kein Problem.«

»Auf die Gefahr hin, deine Konzentration zu stören – ist er nicht einfach total schnuckelig? Also, für sein Alter natürlich. Von den Jungs in meiner Klasse damals könnte keiner mit ihm mithalten, das kann ich dir sagen. Darum hatte ich auch immer ältere Freunde.«

Meine kleine Schwärmerei rauschte offenbar schnurstracks an ihr vorbei, denn sie starrte stur nach vorne, wo Herr Blümchen gerade die Aufgabenblätter für den Test aus seiner Tasche zog.

Sanft klopfte ich ihr auf die Schulter. »Viel Glück!«

Noch ein letzter dankbarer Seitenblick von Klärchen und dann war für mich absolute Sendepause angesagt. Doch ehe Herr Blümchen dazu kam, die Blätter auszuteilen, hörten wir plötzlich ziemlichen Radau aus dem großen Chemiesaal nebenan.

»Was ist denn jetzt los?«, murmelte Herr Blümchen und verschwand nach drüben.

»Ich geh mal kurz gucken«, sagte ich zu Klara und wuselte hinterher.

»Entschuldigung, ich lasse jetzt einen Test schreiben«, sagte Herr Blümchen gerade, als ich in den großen Chemiesaal spinste.

Hinter dem Pult stand Herr Ruppert, zuständig für Chemie und Musik (was eine Kombi ...), und versuchte zu erklären, dass er der 5b eine Vertretungsstunde geben würde. Interessiert sah ich mich unter den lärmenden Kindern um und – jep – da war Roman. Saß in der letzten Reihe und tat so, als ginge ihn das alles nichts an. Abgebrüht wie eh und je. Oder besser: mehr Schein als Sein.

Mit den Händen auf dem Rücken schlenderte ich zurück zu Klara. Vor ihrem Platz blieb ich stehen und salutierte. »Melde gehorsamst, drüben ist die 5b von Roman.«

Hatte ihr natürlich längst von dem kleinen Schläger erzählt, der mir an diesem speziellen Manic Monday vor ein paar Wochen zum ersten Mal begegnet war.

Mit dem Daumen deutete ich lässig in die Richtung. »Herr Blümchen kümmert sich schon drum.«

Wie aufs Stichwort tauchte eben jener wieder auf, schloss nachdrücklich die Tür hinter sich und dann ging's auch schon los. Test!

Stille senkte sich über den Raum, kaum dass die Blätter ausgeteilt waren. Um Klärchen nicht auf die Nerven zu gehen, legte ich mich bäuchlings aufs Pult und las mit baumelnden Beinen in dem Buch, das Herr Blümchen aufgeschlagen hatte. Nach einer Weile beschloss ich, in der Fünften mal nach dem Rechten zu sehen. Sagte Klara Bescheid (»Bin gleich wieder da!«) und durchquerte den Nebenraum, der die beiden Chemiesäle miteinander verband.

Vorbei an Regalen voller Glaskolben, Reagenzgläser und undefinierbarer Substanzen (ein wahres Paradies für jeden Möchtegern-Frankenstein). Schade, die riesige Abzugshaube war nicht in Betrieb, sonst hätte ich mich vielleicht mal kurz bis unters Dach saugen lassen – Achterbahn für Arme.

So spazierte ich rüber zur nächsten Tür, gucken, was Romans Klasse so machte. Viel war noch nicht passiert. An der Tafel war eine kleine Versuchsanordnung skizziert, Herr Ruppert baute diese auf dem Pult nach und die Schüler versuchten ebenfalls ihr Glück. Roman musste sich mit drei anderen Jungs einen Tisch teilen. Auch der kleine blonde Kerl war dabei, mit dem er sich Anfang des Schuljahrs geprügelt hatte. Na, wenn das mal gut ging.

Der Tisch hinter dem Chaos-Quartett war frei, also setzte ich mich da drauf und schaute zu, wie die vier herumfuhrwerkten. Der Bunsenbrenner war zwar angeschlossen, brannte aber noch nicht. Dafür hatten sie den Dreifuß schon stehen und ein Schälchen darauf platziert. Sah bisher gar nicht mal so schlecht aus. Viel zu sagen hatten sie sich allerdings nicht. Roman war ja sowieso nicht gerade dafür bekannt, Quasselwasser zu trinken, und die anderen drei wirkten recht verbissen. Vermutlich machte sie der Umstand, Roman in ihrem Team zu haben, nicht sonderlich glücklich.

»Lass dich nicht unterkriegen, Kleiner«, sagte ich zu ihm.

Seine schwarzen Augen wirkten auf den ersten Blick trotzig. Auf den zweiten hingegen … traurig. Sehr, sehr traurig.

»Ach, Junge, was ist denn bloß los mit dir, hm?« Ich streckte den Arm aus und wuschelte ihm kurz durchs Haar.

Zur Antwort fuhr er sich mit der Hand über den Kopf und kratzte sich am Scheitel. Dann drehte er sich um und sah mir direkt in die Augen.

Ohne mich zu sehen.

Hui, für einen Moment war mir doch glatt die Luft weggeblieben! Bildlich gesprochen, natürlich. Logisch gesehen dürfte noch so ein Glücksfall wie mit Klara ziemlich unwahrscheinlich bis absolut unmöglich sein.

»Sag mal, musst du mich so erschrecken?« Ich drohte ihm mit geballter Faust, doch er hatte sich schon längst wieder umgedreht. »Meine Güte!« Ich holte tief Luft und schüttelte den Kopf, schweißüberströmt (gefühlt jedenfalls. Einer der Vorteile meines *So*-Seins: nie Schweißflecke in den schönen Klamotten).

Tja, und dann begann das Unvermeidliche.

»Willst du eigentlich gar nichts machen?«, fragte der eine Knirps und guckte Roman herausfordernd an.

In dessen Augen blitzte es sofort gefährlich. »Hab doch was gemacht.«

»Ja, ganz toll, Roman, ist auch echt viel Arbeit, den Brenner anzuschließen«, mischte sich der Zweite ein.

Der Kleine, der schon mal mit Roman aneinandergeraten war, hielt wohlweislich den Schnabel. Roman ballte die Fäuste. O-oh …

»Äh, Jungs …«, funkte ich dazwischen. Brachte natürlich nichts.

»Dann mach ich ihn eben noch an«, sagte Roman. Zähneknirschend.

Ohne ein weiteres Wort schnappte er sich den Anzünder und drehte das Gas auf. Zischend entfachte sich ein flackerndes Feuerchen, das orange-rot leuchtete.

»Zufrieden?«, knurrte Roman. Mit Wucht knallte er das lange Feuerzeug auf den Tisch.

»Toll gemacht«, nölte der eine.

»Das hätten wir auch selbst geschafft«, motzte der Zweite. »Mehr kannst du wohl nicht, oder? Geh mal lieber auf die Sonderschule, da gehörst du hin.«

»Jungs, jetzt lasst mal gut sein!« Vorsorglich war ich aufgestanden und hatte mich vor ihren Tisch gestellt, den Brenner genau im Blick. Pöbelei und Feuer waren nämlich bekanntermaßen keine gesunde Kombination.

Wie sich herausstellte, hatte ich genau rechtzeitig Position bezogen. Denn Roman platzte jetzt die Hutschnur. Fluchend schubste er den ersten Jungen gegen einen Stuhl und packte den zweiten am Kragen. Der Dritte (der Blonde) sprang auf die Seite und war damit außer Reichweite.

Auf einmal ging alles rasend schnell, ich konnte kaum den Überblick behalten. Die anderen Kinder fingen an zu schreien, Herr Ruppert stürmte in unsere Richtung, Roman drängte den zweiten Jungen gegen die Tischkante, der ruderte mit den Armen und erwischte – wie sollte es anders sein – den Bunsenbrenner. Der schlitterte samt lodernder Flamme über die Tischplatte, der Gasschlauch schnitt durch mich hindurch wie eine Sense und dann hörte ich nur noch Mädchen hinter mir kreischen. Instinktiv griff ich zu.

Ehe ich mich versah, hielt ich das Ding in den Händen. Die schreienden Mädchen stoben auseinander. Und ich stand da, mitten im Tumult, mit dem vermutlich blödesten Ausdruck der Welt im Gesicht, und starrte den Brenner an.

Endlich wurde mir bewusst, was ich da tat. Wie vom Affen gebissen stellte ich das Ding auf dem Boden ab und sah mich erschrocken um. Hatte jemand was bemerkt? Herr Ruppert stand zwischen den beiden Streithähnen, hielt sie am Schlafittchen fest und schimpfte, wie ich es bei ihm noch nie erlebt hatte. Die Mädchen von eben standen mit schreckensbleichen Gesichtern im Gang. Hatten sie vielleicht …?

Über mir griff eine große Hand nach dem Gashahn. Das Feuer erlosch. Als Nächstes flog die Tür auf, Herr Blümchen rauschte wütend herein und wollte wissen, was denn schon wieder dieser Lärm solle. Den Moment nutzte Roman, um sich loszureißen und aus dem Staub zu machen. Lehrer und Schüler riefen ihm nach. Nur ich handelte.

Mit aller Kraft drückte ich mich vom Boden ab und schoss davon, diesmal waagerecht, langer Sprung mit Handstand-Überschlag und Rolle vorwärts, so dass ich mit Schwung im kleinen Chemiesaal, quasi direkt vor Klaras Füßen landete. Die bekam einen solchen Schreck, dass sie ihren Stift fallen ließ.

»Klara, schnell, geh raus und halt Roman auf!«

»Was?«

»Bitte, mach schon«, flehte ich.

Was nun passierte, würde ich meinem Klärchen auf ewig hoch anrechnen. Sie stand nämlich tatsächlich auf, ohne weiter nachzufragen, stürzte zur Tür und lief fast volle Kanne in den flüchtenden Roman rein.

»Woah, langsam, Kleiner«, rief sie und packte ihn sachte an den Schultern. »Was wird das denn?«

In Romans Gesicht stand pure Panik. Er keuchte zu sehr, um antworten zu können.

»Was ist denn passiert?«, fragte Klara und zum ersten Mal, seit ich sie kannte, wusste ich diese stille Ruhe, die immer um sie herum waberte, so richtig zu schätzen. Freundlich und einfühlsam sah sie den Kleinen an, plötzlich Herrin der Lage.

»Kleine Rangelei neben brennendem Bunsenbrenner«, erklärte ich.

»Ich – ich wollte nur«, stammelte Roman los. »Die haben gesagt, ich soll auf die Sonderschule … Genau wie mein Vater. Der wollte auch nicht, dass ich hierherkomme. Lieber auf die Sonderschule als aufs Rilke, das hat er gesagt!«

»Und warum?«, fragte Klara mit ruhiger Stimme, als würde sie den lieben langen Tag die Krisen anderer Leute meistern.

»Weiß ich nicht«, schluchzte Roman. Jetzt schwappten seine Augen über.

»Ist ja gut.« Klara wuschelte ihm durchs Haar.

Damit war der Test gelaufen. Die Lehrer kamen angerannt. Roman und die anderen beiden mussten postwendend zum Rektor, ihre Eltern wurden herbestellt. Klara berichtete den Herren Ruppert und Blümchen, was Roman über den Vorfall zu sagen gehabt hatte, und dass hinter seinem unbeherrschten Verhalten offensichtlich mehr steckte. Ihr Strebertum kam der Sache dabei richtig zugute, denn keiner zweifelte auch nur im Geringsten ihre Aussage an. So gab es am Ende bloß eine Verwarnung für die drei Jungs.

Ich begleitete Roman, bis er das Schulgebäude mit seiner Mutter verließ. Anschließend sauste ich zurück zu Klara, die in ihrer nächsten Stunde (Mathe, für mich ein notwendiges Übel, für sie Lieblingsfach) saß, und erstattete Bericht.

Ist ja noch mal gut gegangen, schrieb sie auf ihren Block.

»Kann man wohl sagen«, sagte ich und lehnte mich seufzend ans Fenster. »Auf jeden Fall waren wir beide ein super Team. Du warst echt klasse, Klärchen! So cool und beherrscht kannte ich dich noch gar nicht.«

Klara wurde rot. *Ach was …* kritzelte sie. *Hab's einfach gemacht.*

Dazu schüttelte ich nur den Kopf. »Du bist echt immer viel zu bescheiden. Du hast super reagiert, ganz ehrlich. Den armen Jungen beruhigt und gleich noch seine Schullaufbahn gerettet.«

Nebenbei bewies das auch, dass sie mir vertraute. Was echt der Wahnsinn war. Ich machte es mir wieder auf dem Fensterbrett gemütlich. »Weißt du, was merkwürdig war? Romans Mutter kam mir irgendwie bekannt vor.«

»Echt? Woher?«

»Von früher … glaube ich zumindest.« Verdrossen rieb ich mir die Stirn. »Ich weiß nur beim besten Willen nicht, wo ich sie hinstecken soll.«

Mein Blick schweifte in die Ferne. Sehr seltsam, das Ganze. Sehr, sehr seltsam.

EIN WASCHECHTES MÄDELSGESPRÄCH, YAY!

oder: Japanisch für Anfänger(innen)

Am nächsten Mittwoch schleppte Klärchen in ihrer Freistunde einen ganzen Stapel sehr bunter Magazine an, die auf mich wie eine Hyper-Hochglanz-Version der *Bravo* wirkten: größer, dicker, knalliger. Nur dass alles, wirklich alles, japanisch war, von der Schrift bis zu den Stars.

Klara begann mir was von *Kanji* und *Kana* zu erzählen. Ich begriff erst mal nur so viel, dass das unterschiedliche Sorten von Schriftzeichen waren. Entgeistert (ja, doofes Wort, für den Moment aber einfach zu passend) deutete ich auf die glänzenden Hefte mit den bunten Zeichen: »*Das* kannst du lesen?«

»Na ja, noch nicht alles. Die *Kanji* sind schwierig, von denen gibt es nämlich so viele, darum kann ich bis jetzt nur die *Kana* richtig gut lesen.«

Okay, ich hatte kein Wort verstanden.

Klara war so freundlich, mir den Unterschied zu demonstrieren, indem sie ein paar Zeichen aufmalte. Anschließend schrieb sie sogar meinen Namen mit den (einfacheren) *Kana*. Sah echt cool aus. Und das Beste: Ich durfte den Zettel sogar behalten. Juchu! Mein erstes Geschenk seit März '77!

»So, jetzt stell ich dir meine Lieblingsband vor.« Mit Schwung nahm Klara eins dieser Hyper-Magazine zur Hand. Sie schlug das Heft auf und zeigte mir eine vornehmlich rosafarbene Doppelseite, auf der ein paar Jungs zu sehen waren. Von links nach rechts stellte sie mir jeden vor, erst Familienname, dann Vorname. Leider klangen die für mich so was von total ungewohnt, dass sie auf direktem Wege durch mein Gedächtnis rauschten, ohne auch nur eine winzige Spur zu hinterlassen. Hilfe! Allerdings, selbst wenn ich sie mir hätte merken können, gab es da noch ein anderes Problemchen …

»Ich weiß, das ist jetzt blöd, aber kannst du die echt auseinanderhalten?«

Zu meiner Erleichterung wurde Klara nicht sauer. »Ja, kann ich. Aber ich hab anfangs auch ein paar Tage gebraucht, um sie sicher zu unterscheiden. Man muss sich nur eingucken, dann geht's. Ich glaube, Asiaten haben dasselbe Problem mit westlichen Gesichtern.«

Ich stützte das Kinn auf meine Hand und betrachtete diese Jungs eingehender. »Hmm. Schnuckelig sind sie auf jeden Fall alle.«

Das ließ Klärchen erglühen. »Nicht wahr?«

Ihre Begeisterung war ansteckend. Vergnügt gab ich ihr einen Stüber mit dem Ellbogen, den sie natürlich kaum spüren konnte. »Erzähl mal, wen findest du am besten und warum?«

Jetzt strahlte sie noch mehr. »Eigentlich mag ich sie alle total gern, jeden auf seine Weise.«

Hui, da hatte ich was ausgelöst. In den folgenden Minuten ratterte Klärchen die Vorzüge und Fähigkeiten ihrer Lieblingsjapaner herunter, inklusive der halben Band- und Lebensgeschichte. Im Wesentlichen lief es darauf hinaus, dass diese Jungs gleichzeitig *kakkoii* und *kawaii* waren (aufgeschnappt, weil häufig auftretende Fachbegriffe für »cool« und »süß« – quasi), total lieb seien, dazu unheimlich lustig. Und selbstverständlich waren alle ganz tolle Sänger und Tänzer mit ihrem eigenen unverwechselbaren Stil.

Schön und gut, aber Rausreden ließ ich nicht gelten. »Und wenn du dich jetzt für einen entscheiden *müsstest*?«

Klara seufzte. »In dem Fall …«

Sie wurde glatt rot, als sie auf den entsprechenden jungen Herrn zeigte. »Weil … na ja, er ist einfach echt cool und er hat …, also auf Englisch würde man sagen *spirit*, verstehst du, was ich meine? Damit bringt er mich immer ganz unverhofft zum Lachen. Außerdem ist er sehr intelligent und er hat ein gutes Herz, das sieht man an seinen Augen.«

Dazu sagte ich nichts, denn, mal ehrlich, Stars können einen alles Mögliche über sich glauben machen. Aber natürlich kannte ich diese Jungs längst nicht so gut wie Klärchen, wollte mir da also kein Urteil anmaßen. Mir schien allerdings, dass sie noch nicht mit der ganzen Wahrheit rausgerückt war.

»Und?«, hakte ich nach und pikte sie in die Seite. »Du findest ihn heiß, stimmt's?«

Tomatenrot war die reinste Untertreibung für Klärchens jetzige Gesichtsfarbe. Sogar ihr Hals und ihre Ohren tönten sich superschnell, fast schon gespenstisch.

Hoppla, schon wieder so ein Wort.

»Na ja.« Unter ihren Wimpern her linste sie zu mir, zögerte und sagte dann: »Also, seine Stimme …«

Gespannt nickte ich ihr zu. Nur weiter, Mädel!

Ihre Hand wanderte zu ihrem Mund, als wollte sie flüstern. Was sie dann auch tat.

»Sooo sexy.«

Darauf lachten wir beide, bis uns die Tränen kamen (bei mir natürlich nur sprichwörtlich).

»Haaah, ist das herrlich, endlich mal wieder so ein richtiges Mädelsgespräch! Das hat mir echt gefehlt«, rief ich, nachdem wir wieder zu Atem gekommen waren.

»Ich find's auch toll.« Und das merkte man.

Mit glühendem Gesicht plapperte sie weiter von den CDs, Konzerten und Serien dieser Jungs (waren anscheinend auch Schauspieler). Zur Illustration spielte sie mir auch einige ihrer Lieblingssongs vor und es klang entgegen meiner Vermutung gar nicht mal besonders exotisch – und auf jeden Fall sehr tanzbar.

Es war wirklich toll zu sehen, wie sehr sich dieses ruhige Mädel begeistern konnte.

Irgendwann (Klara erläuterte mir gerade das Für und Wider von kleineren Konzerthallen im Vergleich zum *Tokyo Dome*) fiel mir was ein.

»Sag mal, willst du denn dann nicht mal einen richtigen Japanischkurs machen? So in den Ferien, statt wieder zu deinen Großeltern in die Berge zu fahren.« Das hatte sie letztens während des Gewitters erwähnt. »Mir scheint es nämlich so, als hättest du hier dran 'ne Menge Spaß.«

Zum ersten Mal in dieser Freistunde, seit sie die Hyper-Magazine vor mir ausgebreitet hatte, wurde Klara still und bekam wieder diesen nachdenklich-zurückgezogenen Ausdruck, den sie eigentlich nur mir gegenüber ablegte (was mir übrigens gerade erst auffiel). Offenbar hatte ich da einen wunden Punkt erwischt.

»Na?«, stupste ich sie (diesmal verbal) an.

»Im Prinzip schon.«

»Aber …?« Manchmal musste man ihr echt alles aus der Nase ziehen.

Sie senkte den Blick. »Ich trau mich nicht so richtig.«

»Höh? Warum nicht? So gut, wie du das jetzt schon kannst und so sprachbegabt, wie du bist, steckst du die Anfänger doch alle locker in die Tasche. Bestimmt kannst du gleich auf nem höheren Level anfangen!«

Meine Entrüstung entlockte ihr ein schwaches Lächeln.

»Ich würde schon gerne mal einen Intensivkurs machen, so für zwei oder drei Wochen an einem richtigen Sprachinstitut.«

»Ja und? Wo liegt das Problem?«

»Ach …« Ihr Blick klebte am Boden, ihre Finger spielten mit einem Bleistift. »Bestimmt bin ich dann die Jüngste im Kurs und außerdem … wenn ich da so niemanden kenne …«

Aha! Daher wehte der Wind also. Das Tanja-Trauma. Zog echt weite Kreise.

»Hör mal, wenn du erst mal da bist, findest du bestimmt ganz schnell Freunde, ist doch klar. Das sind doch dann alles Japan-Fans, da habt ihr gleich ein Gesprächsthema.« Ich beugte mich vor, um ihr in die Augen zu sehen. »Ernsthaft, Klara, du musst was aus deinem Leben machen. Schau mich doch an, ich werde hier nie rauskommen, ich werde niemals die Welt sehen! Du dagegen kannst gehen, wohin du willst, und machen, was du willst – das darfst du dir von nichts und niemandem verbauen lassen. Verstehst du?«

Während meiner kleinen Rede hatte Klara ihren Blick gesenkt und die Lippen zusammengepresst. Oje, jetzt klang ich wahrscheinlich wie ihre Mutter.

Mir entfleuchte ein Seufzen. »Sorry, wenn ich hier so die Erwachsene raushängen lasse. Ich mach mir nur Sorgen, dass du was verpasst, das du später bereuen könntest. Wäre einfach schade drum.«

Sie nickte und traute sich endlich wieder, mich anzusehen.

»Ich weiß, was du meinst. Und du hast ja auch Recht, nur … Das sagt sich alles immer so leicht …«

Das war mir auch klar. Von alleine tat sich allerdings nichts, Veränderungen muss man aktiv herbeiführen! Klärchen brauchte mehr als nur einen Schubs in die richtige Richtung. Allmählich schwebte mir was vor. Es war Zeit für einen neuen Plan …

Fürs Erste jedoch ließ ich das Thema fallen. Mehr oder weniger.

»Kommt Zeit, kommt Rat«, meinte ich nur und beobachtete, wie Klärchen merklich aufatmete. Mit einem schelmischen Zwinkern deutete ich auf ihren japanischen Angebeteten. »Auf jeden Fall kenne ich jetzt deinen Männergeschmack.«

»So kann man das jetzt nicht direkt sagen!«

»Dann magst du nicht nur Kerle wie ihn hier?«, neckte ich sie.

»Nein«, verteidigte sie sich, fast schon ein bisschen trotzig. »Mir gefallen auch andere.«

»Zum Beispiel?«

»Zum Beispiel …« Ihr Blick klebte wieder am Boden. »Solche wie Ben …«

»Ben?« Ich war total platt. »*Unser* Ben? Ich meine, der Super-Schnuckel aus deiner Klasse, der charmante Schwimmer, der einzige Kerl bei euch, der einen guten Klamottengeschmack hat? DER Ben?«

Mit flammenden Ohren nickte mein Klärchen.

Grüne Neune. Ich wusste echt nicht, was ich sagen sollte.

»Das … das ist mir nie aufgefallen!«, stotterte ich. Okay, ich hatte letztens einen leisen Verdacht gehabt, aber trotzdem …

»Na ja, ich geb mir auch Mühe, damit es keiner merkt.«

»*Was?*« Jetzt war ich so richtig aus dem Häuschen. »Mädel, was soll *das* denn bringen? Wenn man jemanden mag, muss man ihn das wissen lassen, sonst tut sich doch nie was!«

»Selbst wenn er es wüsste, ich passe doch überhaupt nicht zu ihm«, wandte Klara ein, zu gleichen Teilen genervt wie betrübt.

»Höh? Wieso nicht?«

»Guck mich doch mal an«, brauste sie auf, nur um im nächsten Moment wieder in sich zusammenzusacken. »Er ist nur mit Mädchen wie Tina befreundet, gegen die hätte ich eh keine Chance. Die sind alle so cool und total hübsch.«

»Ach, was soll das denn wieder heißen, du bist auch total hübsch! Du müsstest nur mal ein bisschen mehr aus dir machen, mehr aus dir rausgehen.«

Klara schnaubte bitter. »Ja, sicher.«

Herrje, war die Kleine manchmal negativ.

»Pass auf, ein Vorschlag zur Güte –« Ich überlegte kurz. »Ich zeig dir ein paar Tricks, quasi Nachhilfe in Schminken und Klamotten und dann schaust du einfach mal, was passiert. Na, was meinst du?«

»Ich weiß nicht …« Sie zögerte. »Ich will mir nicht untreu werden …«

»Papperlapapp! Make-up und Mode sollen die eigene Persönlichkeit unterstreichen, nicht übertünchen. Das kriegen wir schon hin. Außerdem, deine Japaner hier sind doch auch alle so schick, wenn du mal auf ein Konzert von denen gehst, willst du dann nicht richtig klasse aussehen?«

Meine Überzeugungsarbeit zeigte allmählich Wirkung. »Und du meinst, das würde helfen?«

»Bestimmt! Wirst sehen, in Nullkommanichts drehen sich die Typen auf der Straße nach dir um.«

»Klar. Träum weiter.« Klara schüttelte amüsiert den Kopf.

Derweil grinste ich siegesgewiss. Denn mein neuer Plan nahm langsam, aber sicher Gestalt an.

FERIEN MIT KATER

oder: Cool School for Clara!

In den folgenden Tagen brachte ich Klärchen ganz behutsam und Schrittchen für Schrittchen dazu, sich ein bisschen mehr zu schminken und ihren öden Unauffälligkeits-Look etwas aufzulockern. Dabei kam mir die eine große Sache zugute, die ich in meiner Zeit am Rilke gelernt hatte: Geduld. Denn »Schrittchen für Schrittchen« war ganz und gar nicht übertrieben, sondern galt im wahrsten Sinne des Wortes. Pro Schmink-Session probierte sie exakt eine einzige Sache aus, wie Lidschatten, sonst wurde es ihr direkt zu viel.

Gleichzeitig lernte ich quasi alles über Japan. Zumindest alles, was Klara wusste. Von »A« wie »Asadora« (so was Ähnliches wie ’ne Daily-Soap, läuft aber morgens) bis »Z« wie »Zengarten«, von der Uneinigkeit westlicher Autoren, ob man Sobanudeln nun schlürfen durfte oder sollte (oder keins von beidem), bis zu den alles entscheidenden First-Week-Sales für verschiedene Charts. Zum Teil war es höchst überraschend, zum Teil kurios und insgesamt ziemlich interessant.

Am meisten Spaß machte mir dabei, Klaras Begeisterung für dieses Thema mitanzusehen. Es war offensichtlich, dass sie sonst niemanden hatte, der ihr zuhörte, wenn sie was über ihre Lieblingsband, Lieblingsschauspieler, Lieblingsmangas oder -animes zu sagen hatte. Sie blühte dabei richtig auf, ihre Augen glänzten, und war sie ja sonst eher eine Stille, hörte sie bei allen Japan-relevanten Themen gar nicht mehr auf zu reden. Total herrlich!

Mehrmals fragte sie nach, ob sie mich damit nicht nerve oder langweile. Dazu konnte ich nur sagen: ganz im Gegenteil. Für mich waren das völlig neue Horizonte und Neues bedeutete in meinem Fall immer was Gutes, egal, worum es ging.

Im Übrigen erwies sich ihre Begeisterung als richtig ansteckend. So begann ich unter anderem, nachts und am Wochenende die Schule zu rocken, mit Songs wie »Harukaze« oder »Sabrina« (ausgesprochen »SaBUrina«). Mein uraltes silbernes Kofferradio und Klaras leicht betagter Discman, den sie mir überlassen hatte, machten es möglich. Als ich Klärchen das erzählte, strahlte sie übers ganze Gesicht.

»Da muss ich ja glatt mal vorbeikommen und wir schmeißen 'ne Party!«

»Gute Idee! Fete!« Ich klatschte in die Hände. Etwas ernster fügte ich hinzu: »Du, das könnten wir wirklich mal machen. In den Herbstferien zum Beispiel.«

»Die Schule ist dann aber doch zu, oder nicht?«, fragte Klara.

»Kein Problem, ich knacke jedes Schloss in diesem Kasten«, sagte ich, nicht ganz ohne Stolz.

Und damit war es abgemacht. Fete in den Ferien! Zwar nur eine Zwei-Leute-Fete, aber das war ja schnuppe.

So erlebte ich meine ersten nicht langweiligen Ferien, seit ich aufs Rilke »ging«. Gleich am ersten Tag brachte Klara ihre Katze mit. Hatte sie mir schon lange versprochen und ich war natürlich total gespannt.

Klara dagegen trieb wohl vor allem die wissenschaftliche Neugier. Sie hatte nämlich die Theorie, dass bestimmte Tiere mich vielleicht sehen könnten, weil die meisten (wie Hunde und Katzen zum Beispiel) schärfere und zum Teil andere Sinne haben als Menschen.

Tja, von mir aus, auf einen Versuch konnte man es ja mal ankommen lassen. Ich freute mich einfach auf ein süßes wuscheliges Tierchen in meiner Hütte, das ich vielleicht ein bisschen streicheln könnte. Wenn ich mich gut konzentrierte. Und Klaras Katze keine Angst kriegte.

Zunächst mal durfte ich aber meine Fähigkeiten als Schlossknackerin unter Beweis stellen. Also hockte ich zur verabredeten Zeit am Nebeneingang, der als einziger nicht von den umstehenden Wohnhäusern einsehbar war, und wartete geduldig auf Klara. Summte meinen Lieblingssong von den *Carpenters* (»All you get from Love is a Lovesong«), tippte den Takt dazu auf der Fensterscheibe und schaute den Regentropfen beim Runterlaufen zu. Fragte mich, welcher das Rennen machen würde. Sachen eben, die man an einem verregneten Nachmittag so tut, wenn man allein zu Hause ist. Plötzlich klopfte es an die Scheibe und ich machte einen Satz.

»Hui, Klara, hast du mich jetzt erschreckt!«, rief ich, die Hand auf dem Herzen (Reflex).

Mein Klärchen lugte fast schon schelmisch unter ihrem dunkelblauen Regenschirm hervor.

Ich wedelte mit dem Zeigefinger. »Dass du mir das nicht noch mal machst, klar? Ich bin schließlich nicht mehr die Jüngste.«

Klara hob nur die (noch ungezupften) Brauen und legte die Hand ans Ohr. O ja, richtig. Durch das Fenster konnte sie mich nicht hören. Also: Time for my magic fingers! Fachmännisch bezog ich Aufstellung vor der Eingangstür, schob meine Hand in das Schloss und legte sie um den Zylinder mit dem Schließmechanismus. Jetzt wurd's knifflig. Ich musste mit dem Daumennagel rumtasten und dann drehen und dann …

»Voilà! Immer hereinspaziert!« Ich verbeugte mich vor Klara, die ihren Regenschirm ausschüttelte und reintappte.

»Cooler Trick«, sagte sie.

Ich winkte ab. »Nicht doch, nicht doch. Gehört zu meinen leichtesten Übungen. Ist er da drin?« Zuvorkommend wie ich nun mal war – ich wieder, hoho – nahm ich ihr den triefenden

Schirm ab und zeigte auf den Transportkorb, den sie in der anderen Hand hielt.

Klara nickte. »Ja. Der Regen hat ihm nicht so gefallen, aber so war er unterwegs wenigstens schön ruhig. Soll ich ihn gleich mal rauslassen?«

»Klar! Hier ist ja keiner.«

Neugierig hockte ich mich neben den Korb auf den Boden, während Klara das Gittertürchen aufschloss. Smaragdgrüne Augen erglühten im Halbdunkel. Mit majestätisch weichen Schritten trat Klaras kleiner weißer Persermischling ins Licht. Das Kätzchen blinzelte langsam und setzte sich erst mal, um seine Pfote zu lecken.

»Ui, der ist ja echt total süß!«, flüsterte ich – nur zur Vorsicht.

»Ja, nicht?« Zärtlich schaute Klara der kleinen Pelzkugel zu. »Ohne ihn hätte ich die letzten Monate bestimmt nicht überstanden.«

Oha. Ich sah sie von der Seite an. »So schlimm?«

Ihr weiches Lächeln geriet etwas in Schieflage. »Schlimmer.« Sie seufzte und richtete sich wieder auf.

Mann, und ich hatte nie gemerkt, wie mies es ihr in der Zeit gegangen war. Schämte mich rückwirkend.

Bevor ich was dazu sagen konnte, setzte sich das Kätzchen in Bewegung. Sein Name war übrigens »Neko«, japanisch für »Katze« – was daran lag, dass Klaras Mutter großer Fan vom Fernseh-Kommissar Columbo war (der bekanntermaßen einen Hund namens »Hund« hat). Jedenfalls wurde ich etwas nervös, als Neko lostapste und an der Heizung rumschnüffelte.

»Äh, ist das okay? Läuft er nicht weg?«

»Nein, keine Sorge. Wenn ich ihn rufe, kommt er sofort. Pass auf: Neko! *Oide!*«

Sprach's und sofort hob Neko das Köpfchen und flitzte in Klaras Arme.

»Respekt«, staunte ich.

Klara drückte den Mini-Perser kurz an sich und kraulte ihm das weiche Fell. »Ich rede manchmal ein bisschen Japanisch mit ihm. Ich glaube, er mag das.«

»Sieht ganz so aus«, sagte ich und war gleichzeitig amüsiert und beeindruckt.

Als wir aufstanden, um mit Neko einen kleinen Spaziergang (japanisch: *o-sampo*) durch die Schule zu unternehmen (wobei ich aufpasste, dass uns niemand von draußen sehen konnte), dachte ich an das, was Klara vorhin erzählt hatte.

»Sag mal, hast du eigentlich früher auch keine Freunde außerhalb der Schule gehabt?« Es war nämlich nie ein Name gefallen, zu dem ich das Gesicht nicht kannte. Das wunderte mich schon von Anfang an, hatte mich bisher nur nicht getraut zu fragen.

Sie schaute mich nicht an, schüttelte nur den Kopf. Grüne Neune.

»Und … warum nicht?«

Ein tiefer Seufzer. »Ich fand's schon immer schwer, neue Leute kennenzulernen. Weil … Ach, ich weiß einfach nie, was ich sagen soll.«

Das war nun ein Problem, mit dem ich persönlich wenig bis gar keine Erfahrung hatte. Ich war eigentlich immer gut mit allen Leuten ausgekommen, ohne mich irgendwie besonders anstrengen zu müssen. Hm. Dieser Punkt sollte definitiv in meinem Plan berücksichtigt werden.

»Wie hast du dich dann überhaupt mit Tanja angefreundet?« Soweit ich wusste, hatten die beiden sich nämlich erst hier kennengelernt.

Neko wetzte vor unseren Füßen über den glatten Boden, auf der Jagd nach Wollmäusen, die er unter den Heizungen hervorgeholt hatte.

»Das war Zufall«, meinte Klara achselzuckend. »Wir haben am ersten Schultag nebeneinander gesessen. Sie hat mich dann ihren Freunden aus der Grundschule vorgestellt und wir haben öfter was zusammen unternommen.«

»Genau, Grundschule! Von da musst du doch Freunde gehabt haben.«

»Schon, aber wir sind ja nach der vierten Klasse umgezogen, weil meine Mutter versetzt wurde. Und nach einiger Zeit hat sich das halt verloren. Wie das eben so ist.«

Das allerdings kannte ich nur zu gut. Früher sowieso, aber auch heute, mit Internet und allem, klappte es eben nicht, mit jedem Kontak zu halten, den man mal gekannt hatte. Auch wenn Klara unbeteiligt tat, traurig schien sie das trotzdem zu machen.

»Bei mir musst du dir da keine Sorgen machen«, verkündete ich darum. »Mich wirst du nicht mehr los, bis du Abi machst, versprochen!«

Einen Moment lang zögerte sie, dann blickte sie auf.

»Ehrlich?«

»Ja, klar! Versprochen ist versprochen und wird nicht gebrochen. Ich würde mit dir ja Blutsbrüderschaft schwören, bloß hab ich ja leider …«

Entschuldigend hob ich die Hände und Klara beendete den Satz: »Kein Blut mehr, schon klar.« Dann schien ihr was einzufallen, sie blieb stehen und hielt mir ihren kleinen Finger hin. »Hier, hak dich ein.«

Ich blinzelte. »Höh? Wie jetzt?«

»So verspricht man sich in Japan was«, erklärte sie.

»Oh! Ach so! Ja, dann.« Ich hakte meinen kleinen Finger ganz vorsichtig in ihren. Und damit gaben wir uns also ein Versprechen auf Japanisch *(Yakusoku)*.

Es wurde ein richtig schöner Mittag. Der erste von vielen. Neko konnte mich übrigens nicht sehen, aber ich konnte ihn streicheln. Schien ihm sogar zu gefallen. Obwohl er ein bisschen verdutzt aus der Wäsche guckte.

In den nächsten zwei Wochen hielten wir noch mehrere lustige Schmink-Sessions und fetzige *J-Pop*-Feten ab (ausgelassenes Gehüpfe durch die Flure inklusive), quatschten über alles Mögliche und aus Klärchen, dem selbst ernannten »modischen Unglücksraben«, wurde nach und nach, nein, kein Paradiesvogel, aber ein immerhin etwas schickeres Vögelchen.

Dank meiner Erfahrung in Schmink- und Modefragen (hatte mir früher viel selbst genäht und war immer up to date gewesen) lernte Klärchen sich bis zum Ende der Ferien vernünftig zu schminken und sehr viel vorteilhafter anzuziehen. Während der zwei Wochen hatte sie sich auch zum Friseur getraut und trug jetzt schulterlange weiche Wellen, die ihr Gesicht hübsch umrahmten.

Und dann war er da, der erste Tag nach den Ferien. Die Präsentation von Klaras neuem Look! Ungeduldig klebte ich am Fenster des Kunstsaals und wartete darauf, dass Klärchens schlanke Silhouette am Horizont auftauchte (okay, nicht ganz so dramatisch, vom Prinzip her quasi).

Kaum hatte ich sie erblickt, da rauschte ich auch schon durch den Boden, und bezog wie üblich auf den Stufen des Haupteingangs Position.

Endlich kam sie rein. In engen dunkelblauen Jeans, einem gut geschnittenen moosgrünen Rollkragenpulli und schwarzen Stiefeln betrat sie die Bühne. Auf ihren Lippen leuchtete ein Hauch rosenholzfarbener Gloss. Ein dazu passender Lidschatten in zartem Rosé, eleganter schwarzer Lidstrich und reichlich Wimperntusche taten ihr Übriges, um ihre hellen

Augen noch besser hervorzuheben. Insgesamt: Kein Vergleich zu vorher. Ich war stolz auf sie (und mich).

Klaras Blick huschte direkt in die Ecke unter dem Treppengeländer, wo ich jeden Morgen auf sie wartete. Ich streckte beide Daumen hoch und grinste breit.

»Super siehst du aus, Klärchen! Jetzt hauen wir sie alle um!«

Ein unsicheres Zucken spielte in ihren Mundwinkeln. Gemeinsam gingen wir die Treppen hoch, durch den Fischi-Flur und die Wendeltreppe rauf zu den Siebenern. Klara nestelte an ihren Haaren herum.

»Lass das, deine Frisur sitzt perfekt«, sagte ich mit Nachdruck. »Und Haltung! Brust raus, Kinn hoch! Du brauchst dich nicht zu verstecken! Denk dran: *Ganbatte*!«

Darüber musste sie grinsen (das Wort bedeutete so viel wie »Ich drück dir die Daumen« oder auch »toi, toi, toi«). Tja, das ein oder andere Fitzelchen Japanisch hatte ich inzwischen aufgeschnappt. Höhö.

»Keine Sorge, du kriegst das schon hin. Und zur Not bin ich ja auch noch da. Sollte dir einer dumm kommen, lass ich den Poltergeist raus.«

»Okay«, sagte sie. In der letzten Biegung der Wendeltreppe holte sie tief Luft.

»Los geht's.«

Seite an Seite betraten wir den Kunst-Flur. Es wäre wohl nicht untertrieben zu sagen: Der Effekt war enorm. Jedem, wirklich jedem klappte die Kinnlade runter, sobald er (oder sie) Klara erkannte. Die meisten mussten echt zweimal hinschauen. Es war wie im Film.

»Alle gucken mich an«, murmelte Klara durch zusammengebissene Zähne.

»Das sollen sie doch auch«, rief ich. »Du bist klug und hübsch und du hast eine sehr liebenswerte Ausstrahlung, gewöhn dich besser an die Aufmerksamkeit. Die verdienst du nämlich!«

Ihre Wangen entflammten wie auf Kommando. »Hör auf, das ist peinlich.«

»Ach, Unsinn! Frauen sollten mehr Selbstbewusstsein haben. Und in Deutsch kannst du direkt mal mit Ben reden.«

»Was, wieso denn?«

»Zum Üben! Oder willst du ewig rot anlaufen, sobald ein Kerl vor dir steht?«

Klaras Wangenfarbe vertiefte sich um noch einen Tick (hätte ehrlich nicht gedacht, dass das möglich sein könnte). Mit auf dem Boden klebendem Blick betrat sie das Klassenzimmer.

»Los, da ist er, sprich ihn an!«

Stumm schüttelte sie den Kopf.

Manchmal konnte sie einen echt wahnsinnig machen. Mit Mühe unterdrückte ich ein Ächzen. »Na gut, dann eben morgen.«

In der großen Pause gingen wir zum Büro der Schülerzeitung. Das war Teil des Plans, den ich in den Ferien für Klärchen und (teilweise) mit Klärchen ausgeheckt hatte. Der Plan trug den schönen Titel: *Cool School for Clara!* Yes, mit Ausrufezeichen und »C« – Letzteres war Klaras Wunsch gewesen (gefiel ihr besser), Ersteres meiner.

Ziel des Ganzen war es, sie ein wenig mehr aus ihrem Schneckenhaus herauszulocken, in das sie sich seit dem Streit mit Tanja (eigentlich auch schon davor) verkrochen hatte. Sie sollte (und wollte) endlich selbstbewusster werden und nicht immer mit einem miesen Gefühl im Bauch zur Schule kommen (natürlich war der Widerwillen dank meiner Wenigkeit quasi nicht mehr vorhanden, die Gründe für sein Entstehen dagegen schon). Daran wollten wir also arbeiten.

Die Schülerzeitung war für unsere Zwecke absolut perfekt. Man arbeitete in einem Team, kam bei der Recherche mit vielen Leuten zusammen und nahm aktiv am Schulleben teil, weil man ja hauptsächlich genau darüber schrieb. Und wer war die zuverlässigste geheime Quelle für sämtliche Informationen aus wirklich allen Bereichen der Schule (zum Beispiel aus dem Lehrerzimmer)? Richtig.

Außerdem konnte Klara allein mit ihren tollen Zeichnungen schon einiges dazu beitragen, das Heft optisch aufzupeppen (was es definitiv nötig hatte). Weshalb ich ihr vor der Tür des Büros mit dem schicken Schild *Redaktion Sphinx* noch mal versicherte: »Die nehmen dich mit Kusshand, wirst sehen!«

Sie holte noch einmal tief Luft, bevor sie mir knapp zunickte und dann anklopfte.

Drinnen schafften es Elena und Daniel (der Typ mit der Kamera, die er netterweise durch mich durch an seine Kollegin gereicht hatte) mehr schlecht als recht, ihre Überraschung zu verbergen, als wir ihr kleines Büro betraten. Die beiden schmissen den Laden seit einem Jahr quasi allein, weil es einfach an Leuten fehlte, die neben der Schule noch Sinn und Zeit für irgendwas besaßen. Vor allem für so was Aufwendiges wie eine ganze Zeitung in Eigenregie zu produzieren.

Chefredakteurin Elena war ein kleines, leicht moppeliges Persönchen mit einem krausen braunen Lockenschopf, Chefreporter Daniel dagegen ein großer, schlaksiger Kerl mit Bürstenhaarschnitt. Beide trugen dickrandige Clark-Kent-Brillen. Durch die musterten sie uns (soll heißen, Klara) nun verwirrt (Daniel) bzw. feindselig (Elena).

Ich wich ein wenig zurück. »Meine Güte, welche Laus ist der denn über die Leber gelaufen?«

Klara räusperte sich. »Hallo. Stör ich?«

»Ähhh …« Daniel schaute hilfesuchend zu Elena, die neben ihm am Tisch saß. »Eigentlich nicht, oder?«

»Wir besprechen gerade die Themen für die nächste Ausgabe«, erklärte Elena, reichlich unterkühlt für meinen Geschmack. »Was gibt's?«

Klara zögerte. »Also … Ich wollte fragen, ob ihr vielleicht noch jemanden brauchen könnt … eventuell …«

Die beiden sahen sich an. Elenas Augen verengten sich zu Schlitzen. »Du willst bei der Schülerzeitung einsteigen?«

Klara nickte.

»Warum? So auf einmal?«

»Es interessiert mich halt«, antwortete Klara.

Gut so! Ich drückte ihr die Daumen. Jetzt bloß nicht klein beigeben!

»Tss«, machte Elena abfällig. »Willst dich bestimmt nur bei den Lehrern einschleimen, das kennt man doch von euch Strebern.«

Woah, wie fies!

»Nein, ich–« Klara geriet ins Schwimmen.

»Elli, lass doch, nicht wieder pauschalisieren. Wir können Hilfe gebrauchen, hast du gestern noch gesagt«, meldete sich Daniel leise zu Wort.

Meine Wenigkeit wohnte der ganzen Unterhaltung mit verschränkten Armen und tappendem Fuß bei. Langsam wurde es mir zu bunt. »Sag mal, geht's noch? Was ist das denn für ein Verein hier? Da kommt jemand, der eine tolle Bereicherung für euer Team wäre und ihr seid so drauf? Also echt!«

Meine Faust landete wie von selbst auf dem Tisch neben mir. Die Gläser darauf klirrten ein wenig und aller Augen flogen dorthin.

Ich schrak zusammen. »Uuups, sorry, Klärchen!« Seit sie mich sehen konnte entwickelte ich offenbar einen leichten Hang zum Poltern. Grüne Neune …

Klara schüttelte nur kaum merklich den Kopf. Die anderen beiden zuckten schließlich die Achseln und wandten sich wieder Klara zu.

»Okay, sag uns jetzt einfach, warum du mitmachen willst. Dann sehen wir weiter«, sagte Elena.

Klara überlegte kurz. »Nun ja … Hauptsächlich für mich, denke ich. Ich möchte es gerne versuchen und sehen, ob mir so was liegt. Außerdem … Vielleicht kann ich helfen, was an dieser Schule zu bewirken? Das wäre toll.«

Ein abschließendes, schüchternes Lächeln und schon hatte sie Daniel auf ihrer Seite. Er sah Elena an. »Klingt gut für mich.«

Die Chefredakteurin ließ sich Zeit. »Na schön«, knurrte sie endlich. »Du bist dabei. Aber erst mal nur zwei Wochen auf Probe.«

»Ziege«, zischte ich.

»Super, vielen Dank!« Klärchen wirkte total erleichtert. Na gut. Immerhin, zweite Hürde des Tages gemeistert!

Daniel rückte ihr einen Stuhl zurecht. »Dann willkommen im Team! Kannst gleich an deiner ersten Redaktionssitzung teilnehmen.«

»Cool.« Klara setzte sich und ihr neuer Reporterkollege schob ihr eine Liste mit möglichen Themen zu. Ich stellte mich hinter sie und las mit.

»Ich hätte da direkt ne Idee, wie wir dich einbinden können«, sagte Daniel und tippte mit seinem Kuli auf das Blatt.

»Du warst doch bei dieser Sache im Chemiesaal dabei, oder? Das mit den Fünfern vor den Herbstferien.«

Klärchen nickte. Na, und wie sie dabei gewesen war! Heimliche Heldin des Tages.

»Darüber könntest du schreiben. Da hätten wir Informationen aus erster Hand.« Er sah Elena an und wartete.

Die rieb sich die Nase. »Könnten wir machen. Dazu vielleicht ein Feature über den Umgang mit Problemschülern?«

»Warum nicht«, stimmte Daniel zu. »Würdest du das machen, Klara?«

»Schon«, meinte mein Klärchen. »Wobei ich Roman nicht gerade als Problemschüler bezeichnen würde. Bei dem steckt mehr dahinter.«

»Umso besser«, sagte Elena. »Schreiben wir eben über Problemschüler und ihre verkannten Probleme.«

Ich tippte Klara auf die Schulter. »Finde ich gut. Vielleicht kriegen wir so mehr über Romans Familie raus. Und vielleicht können wir ihm sogar helfen!«

»Klingt gut«, meinte Klara, wie ich annahm, sowohl zu mir als auch zu Elena.

»Ach ja!« Daniel blätterte durch ein paar schmierige Notizen. »Als Zusatzstory könnten wir das Gerücht aufgreifen, das seitdem umgeht.«

»Gute Idee«, stimmte Elena zu.

»Was denn für ein Gerücht?«, fragten Klara und ich wie aus einem Mund.

Daniel grinste. »Hast du's etwa noch nicht gehört? Ein paar der Fünftklässlerinnen sind sich sicher, ein Bunsenbrenner hätte kurzzeitig in der Luft geschwebt. Wir sollen einen Schulgeist haben.«

O nein. Mir wurde eiskalt. Ich war aufgeflogen!

UNERWARTETE ABGRÜNDE

oder: Warum ich keine Gruselgeschichte werden wollte

Klara merkte, was mit mir los war, auch ohne sich umzudrehen.

»Verdammt, verdammt, verdammt!« Ich raufte mir die Haare. Panik stieg in mir hoch.

»Über dreißig Jahre. Über *drei-ßig Jah-re*! Keiner hat mich je bemerkt. Und jetzt *das*!« Meine Stimme überschlug sich. Das war der Super-GAU.

Aufgeflogen. Entdeckt. Erwischt.

»So ein verfluchter Mist!«

»Ähh, entschuldigt mich mal kurz …« Klara zog ihr Handy aus der Tasche und ging vor die Tür. Ich taumelte hinterher. Alles verschwamm mir vor den Augen.

»Ganz ruhig, Nelly«, flüsterte sie mir zu, nachdem sie die Tür sorgfältig hinter sich zugemacht hatte.

»Ich kann jetzt nicht ruhig bleiben«, rief ich. »Das ist eine Katastrophe! Ich werde keine einzige ruhige Minute mehr haben! Wenn erst mal alle von mir wissen, werden sie mich suchen, mir Fallen stellen und was weiß ich nicht noch alles.« Vor Furcht schrumpfte ich zusammen. »Meinst du, es gibt noch Exorzisten?«

»So'n Quatsch«, meinte Klara. »Was redest du denn da? Dir kann doch nichts passieren! Denk mal logisch: Niemand kann dich berühren, sofern du dich nicht darauf konzentrierst, also kann dir auch keiner was tun. Geschweige denn, dich einfangen.«

Logik hin oder her: Mein Herz verkrampfte sich und ich hatte das Gefühl zu ersticken. »Und wenn sie mein Versteck finden? Dann wissen sie, dass ich hier bin und dann wollen sie mich bestimmt vertreiben!«

»Nun reg dich ab«, sagte Klara fest. »Niemand wird dieses Gerücht tatsächlich glauben. Daraus wird höchstens eine Schul-Legende, die man sich gerne erzählt, die aber kein Mensch für wahr halten würde.«

»Meinst du wirklich?«, fragte ich schwach.

»Absolut. So, jetzt gehst du erst mal nach oben und legst dich ein bisschen hin. Ich komme heute Mittag zu dir und wir reden noch mal in Ruhe darüber, okay?«

»Okay«, wimmerte ich.

Klara ging wieder rein zu Elena und Daniel, ich machte einen gewaltigen Sprung und katapultierte mich schnurstracks in mein Versteck. Dort ließ ich das Licht aus und rollte mich auf meinem Mattensofa zur kleinstmöglichen Kugel zusammen. Die Beine angezogen und fest umklammert starrte ich mit weit aufgerissenen Augen in die Dunkelheit. Nachdem ich ein bisschen hyperventiliert hatte, versuchte ich meine Gedanken zu sortieren. Die Lage logisch zu betrachten.

Konnte mir wirklich nichts passieren? Würde wirklich keiner das Gerücht ernst nehmen? Nicht einer?

Ausgeschlossen. Es gab immer ein paar Spezis, die auf Abenteuer aus waren und solchen Sachen nachgingen. Die würden mir das Leben zur Hölle machen!

Mir war zum Heulen. Schließlich saß ich in der Falle. Ich konnte nirgendwo anders hin. Gefangen in dieser Schule wie ein Tier im Käfig. Möglichen Möchtegern-Ghostbusters hilflos ausgeliefert. Ein leichter Anfall von Platzangst presste mir die Kehle zusammen. Toll, jetzt ging das wieder los. Ich begann zu schluchzen.

Dunkle Bilder aus meiner ersten Nacht hier blitzten in meinem Kopf auf. Wie ich durch die Gänge gerannt war und um Hilfe gerufen hatte, dabei gegen die Fenster und Türen gehämmert und mich schließlich total verzweifelt in einer Ecke zusammengekauert hatte, nur um dann am nächsten Morgen –

Mit aller Kraft versuchte ich die Erinnerungen zu verscheuchen. Die Zeit verrann und ich fühlte mich elender denn je. Irgendwann hörte ich ein leises Klopfen. Wie von der Tarantel gestochen fuhr ich hoch.

»Nelly, bist du da?«

»Klara!« Erleichterung durchflutete mich. Mit einem Satz hechtete ich zur Tür und öffnete sie.

Ein blonder Engel mit großen besorgten Augen lugte zu mir ins Dunkel.

»Ein Glück, dass du da bist.« Am liebsten wäre ich ihr um den Hals gefallen. Konnte mich gerade noch zurückhalten, denn das wäre für uns beide sehr unangenehm geworden.

»Geht's dir noch nicht besser?«, fragte sie, während sie sich unter dem niedrigen Türsturz hindurchduckte und das Licht anknipste.

»Nein …«, schluchzte ich. »Das ist so furchtbar! Jetzt ist einfach alles aus!«

Ich warf mich wieder auf mein Sofa. Nach einem Moment setzte Klara sich neben mich.

»Nun sieh doch nicht alles so schwarz. Selbst wenn es doch ein paar Spinner geben sollte, die an Geister glauben, was würden die schon groß tun? Höchstens sich fürchten, wenn sie allein durch einen Flur laufen, aber doch nicht nach dir suchen, geschweige denn, dich jagen.«

»Woher willst du das wissen?«, schniefte ich, das Gesicht in der Matte vergraben. »Solche Spinner gibt's immer. Und wenn die Leute von mir wissen, dann …«

»Dann was?«

So genau wusste ich selbst nicht, warum mir das solche Angst machte. Nur, dass es so war.

»Ach, was weiß denn ich.« Ich sprang auf und begann in meinem kleinen Kabuff auf und ab zu tigern. »Ich will das eben nicht. Alles wäre anders!«

Klara zuckte nicht mal mit der Wimper. »Aber das könnte doch auch gut sein. Überleg mal, wenn ich für die Schülerzeitung einen Artikel über dich schreibe und zumindest einige Leute sich vorstellen, dass du hier bist – vielleicht fänden sie es cool und würden sich freuen.«

»Ach so, mein Schicksal soll also als Gruselgeschichte herhalten, um damit die Kleinen zu erschrecken, hä? Na, vielen Dank auch!« Ich schäumte.

Klaras Stirn umwölkte sich langsam. »Was wäre denn so schlimm daran? Ich dachte, du warst so froh, als ich dich sehen konnte. Wenn mehr Leute von dir wüssten, wäre das doch schön.«

»Nein, das wäre es nicht!«, schrie ich. Ja, ich schrie. Es ging nicht anders. »Ich will keine doofe Gruselgeschichte sein, ich will niemanden erschrecken und am allerwenigsten will ich euer verdammtes Mitleid! Ich bin GLÜCKLICH!«

Klara sprang auf, hitzige Flecken auf den Wangen. »Ach ja? Red dir das mal schön weiter ein, vielleicht glaubst du es dann auch irgendwann.«

»Was soll das denn heißen?«, keifte ich.

Sie kam einen Schritt auf mich zu. Ihre Augen hatten sich verdunkelt, flackerten. »Dass du eigentlich genauso einsam warst wie ich und dir das nur nie eingestanden hast.«

Instinktiv ballte ich die Fäuste. »Das ist nicht wahr!«

»Doch, das ist es. Du hast dir hier deine ganz eigene Kuschelzone, dein eigenes Schneckenhaus geschaffen und jetzt hast du bloß Angst vor Veränderung. Aber von mir was sagen!«

Jetzt wurde ich richtig sauer. Mein anklagender Zeigefinger schnellte auf sie zu, meine Stimme wurde gefährlich leise. »Vorsicht, Klärchen, schließ nicht von dir auf andere.«

»Es stimmt und das weißt du ganz genau. Und nenn mich nicht immer *Klärchen*, da komm ich mir vor wie 'ne Kuh!«

Das versetzte mir einen Stich. »Gut, dass ich das weiß! Ich nerv dich also? Dann willst du wohl auch in Zukunft keine Hilfe mehr von mir, oder wie seh' ich das?«

»Hilfe?« Klara spuckte das Wort geradezu aus. »Vor allem hast du das doch für dich getan, weil du dir so toll dabei vorkamst, der armen grauen Maus ein Makeover zu verpassen, und weil du eine coole Freundin haben wolltest, nicht so 'ne Streberin wie mich!«

Ich wich zurück, als hätte sie mich geschlagen. Mein Herz stand so still wie nie. »Das ist überhaupt nicht wahr! Ich hab das für dich getan.«

»Ach, erzähl mir doch nichts!« Ihre Stimme überschlug sich. »Dir wäre es viel lieber gewesen, dass eine wie Tina dich gesehen hätte, eine, die hübsch und selbstbewusst ist, so wie du. Darum hast du mich umgemodelt, damit ich besser zu dir passe!«

Vor lauter Empörung fehlten mir für einen Moment die Worte. »Du spinnst ja wohl! So was lass ich mir von dir nicht bieten, von *dir* nicht!«

»Musst du auch nicht. Stell dir vor, ich hab auch meinen Stolz. Ich gehe! Und wehe, du kommst mir nach. Ich will nichts mehr mit dir zu tun haben, ist das klar?«

Damit stürmte sie aus der Tür und rannte die Treppe runter. Stocksteif stand ich da, unfähig, irgendwas zu tun oder irgendwas zu denken. In der Schule war es ganz still. Nur Klaras hastige Schritte hallten durchs Treppenhaus.

Plötzlich traf mich die Erkenntnis: Sie ging wirklich. Klara ging. Und ließ mich hier zurück.

»Bitte nicht«, flüsterte ich. »Oh, bitte, bitte nicht!«

Mit einem Kopfsprung tauchte ich durch den Boden und raste wie ein Torpedo durch die Stockwerke ins Erdgeschoss.

»Klara!«

Ich rannte den Flur entlang zum Nebeneingang.

»Warte, Klara! KLARA!«

Doch als ich dort ankam, fiel die schwere Tür gerade ins Schloss. Draußen lief Klara über den Schulhof, längst zu weit weg, um mich zu hören. Mit beiden Händen trommelte ich gegen das Türglas.

»Klara! Klara, komm zurück, bitte! Bitte, komm zurück!«

Meine Augen klammerten sich an ihre Gestalt, die in der Dämmerung immer kleiner wurde. Ich sank in mich zusammen, vergaß, mich zu konzentrieren und wurde von der verfluchten unsichtbaren Wand gehalten, die mich und die Welt voneinander trennte. Hätte ich weinen können, ich hätte es getan. Jetzt war wirklich alles aus.

AUSWEICHRÄUME

oder: Wie Herr Jordan das Geländespiel erfand

Ob Klara am nächsten Tag zur Schule kam, erfuhr ich nie. Zu meinem Versteck kam sie jedenfalls nicht. Ich war den ganzen Tag da und hätte es wohl merken müssen, wenn sie vor meiner Tür gestanden hätte.

Jep, ich setzte den ganzen Tag keinen Fuß vor meine Hütte. Lag auf dem Sofa und … Ja, was? Bemitleidete mich selbst? Ärgerte mich über Klara? Oder über mich? Über die ganze verfahrene Situation? Wahrscheinlich von allem ein bisschen.

Sowohl meine Gedanken als auch meine Gefühle spielten einen grausigen Ringelreihen, aus dem ich beim besten Willen nicht schlau wurde. Nur eins fühlte ich mit absoluter Gewissheit: Traurigkeit. Eine Traurigkeit, so groß, schwarz und unendlich wie das All. Nur ohne Sterne. So schwer, dass sie mich erbarmungslos niederdrückte.

Ich lag einfach nur da, regungslos, auf meinem harten Mattensofa, und starrte an die Decke, die mit Zeichnungen und Bildchen auf halb vergilbten Heftseiten gespickt war. Dumpf schallten die typischen Geräusche des Schulalltags herauf. Nichts davon kam wirklich bei mir an. Es war alles nur ein schwarzer, lichtloser Sumpf, aus dem es kein Entkommen gab.

Am nächsten Tag (oder am übernächsten?) raffte ich mich auf und ging wieder in den Unterricht. Ohne nachzudenken stolperte ich einfach in irgendeine Tür, suchte mir einen freien Platz und plumpste darauf. Nach einer Weile ergaben die Zeichen auf der Tafel einen Sinn und ich erkannte, dass ich wohl in einer Mathestunde gelandet war. Differenzialrechnung. Ich blieb sitzen. Stur. Bis zum Ende. Mir schien, ich hätte das verdient. Es tat gut.

Nachdem alle in die Pause gegangen waren, stand ich auf und stellte bei einem Blick auf mein Spiegelbild im Fenster fest, dass ich immer noch dieselben Klamotten trug wie am Montag.

Montag.

Montag?

Richtig.

»Schon wieder ein Manic Monday«, sagte ich und meine Stimme klang merkwürdig in meinen Ohren. Seltsam fremd.

Mit hängenden Schultern schlurfte ich im Schneckentempo Richtung Pausenhalle. Mehrmals streiften mich Ellbogen und Hände, fuhren durch mich hindurch, schlugen mich. Ich merkte es kaum. Hauptsache, Klara sah mich nicht.

Warum? Warum war alles so gekommen? Ich rieb mir die Stirn. Musste unbedingt in Ruhe nachdenken. Erst mal denken *können*. Mein Kopf fühlte sich an wie ein riesiger Wattebausch, als wäre er gar nicht richtig da. Oder ich.

Ein grauenhafter Schrecken durchfuhr mich. Was, wenn ich wirklich nicht mehr richtig da war? Wenn ich jetzt ins Jenseits oder wer weiß wohin hinüberglitt? Schlagartig war ich hellwach.

»Reiß dich zusammen, Nelly Jansen«, schimpfte ich mit mir, genauso wie meine Mutter früher. »Lass dich nicht hängen! Du verschwindest schon nicht.«

So ganz geheuer war mir das Ganze trotzdem nicht. Probehalber konzentrierte ich mich und kickte einen herumfliegenden Papierball über den Boden.

»Okay, alles gut, siehst du, du kannst es noch«, redete ich mir ein.

Meine Hände zitterten. Ich brauchte unbedingt Ablenkung. Nur was …?

Roman!

Wie der Blitz schoss ich quer durch die Stockwerke, hatte keine Ahnung, wo ich landen würde, streifte aus Versehen ein paar Leute (uäh), stieß mich irgendwo ab, sauste weiter. Bis ich unvermittelt in der Pausenhalle aufschlug. Hui, na das war mal ein Sprung gewesen!

Ich sah mich um. Von Roman keine Spur. Ein weiterer Hüpfer und ich segelte auf die Litfaßsäule, die ungefähr in der Mitte der Pausenhalle stand und an der Plakate für Theateraufführungen und andere kulturelle Ereignisse klebten. Von hier oben hatte ich nun einen Eins-a-Überblick über die wimmelnde Masse. Unter- und Mittelstufler wuselten wild durcheinander, lachten, kreischten, redeten, tuschelten – taten eben alles, was Schüler so in der großen Pause tun.

Immer noch kein Roman.

Je einen Fuß auf die Ränder der Säule gestemmt, die Hände in den Hüften, thronte ich wie der Koloss von Rhodos über meinen winzigen Untertanen. Gefühle von Erhabenheit blieben dennoch aus. Ich wollte nur den kleinen Möchtegern-Schläger finden. Erfahrungsgemäß war er immer für eine Ablenkung gut.

Kurz vor dem Ende der Pause entdeckte ich ihn. Er kam vom Hof rein, steuerte auf die Treppe hinter mir zu und bahnte sich seinen Weg, die Hände in den Taschen. Sein Gesicht trug wie üblich diesen mürrischen Ausdruck, der eigentlich in kein Kindergesicht eingemeißelt sein sollte.

Ich beobachtete ihn, bis ich mir sicher war, dass er tatsächlich zu dem Ausweichraum (Mini-Klassenzimmer für Wahlfächer mit wenigen Schülern) neben dem Sprachlabor ging. Anschließend wartete ich auf das Ende der Pause, damit ich mich halbwegs gefahrlos (Knirpse waren in ihren Bewegungsmustern immer so unberechenbar) zu ihm schleichen konnte.

Es sah ganz danach aus, als stünde mir Latein bei Herrn Jordan bevor. Nicht die schlechteste Ablenkung. Das alte

Rom fand ich interessant und die Sprache gefiel mir, obwohl ich längst nicht so sprachbegabt war wie Klärchen –

Stop! Nicht an sie denken. Ablenkung.

Die Lateiner der derzeitigen Fünften (nur zwölf Kinder!) nahmen gerade mal die Hälfte des Ausweichraums ein. Darum hatte ich reichlich Wahlmöglichkeiten bei den Sitzplätzen. Nach einigem Hin und Her entschied ich mich für den hintersten Tisch in der Fensterreihe, weil ich so Roman schräg von der Seite beobachten konnte und gleichzeitig die gesamte Klasse im Blick hatte.

Kurz nach dem zweiten Klingeln marschierte Herr Jordan (graue Haare, große Brille, Cordhosen in allen Brauntönen der Erde, toller Humor) herein, die Schüler standen auf und am Pult angekommen, tönte ihr Lehrer mit voller Stimme: *»Salvete discipuli et discipulae!«*

Die Fünfer antworteten im Chor: *»Salve magister!«*

Daraufhin setzten sich alle. Wie nostalgisch. Stellte fest, dass ich schon eine ganze Weile nicht mehr in Herrn Jordans Unterricht gewesen war, und nun fragte ich mich, warum eigentlich. Es war so herrlich!

Ach ja, Klara hatte kein Latein. Pech für sie.

Ich ließ die Beine baumeln und genoss die Stunde. Direkt am Anfang war alles so wunderbar einfach, richtig niedlich. *Markus pater est, Claudia mater est* … Meine Nerven erholten sich mit jeder lateinischen Minute.

In den folgenden Wochen, den ganzen restlichen grauen November lang, klebte ich an Roman wie eine Klette. Klara ging ich konsequent aus dem Weg, indem ich quasi keinen Fuß mehr in den Kunst-Flur setzte (außer nachts natürlich) und die Chemieräume generell mied. War nämlich nach wie vor sauer auf sie. Wie konnte sie nur so undankbar sein? Wenn sie meine Hilfe nicht gewollt hätte, hätte sie doch verdammt noch mal was sagen können. Oder nicht? Hatte sie etwa Angst gehabt, mich vor den Kopf zu stoßen?

Solche Gedanken schob ich meistens ganz schnell weg. War jetzt eh alles egal. Sie wollte mich nicht mehr sehen. Und ich wollte *sie* nicht mehr sehen. So.

Kam blendend ohne sie zurecht. Mit den Kleinen war es schließlich auch ganz lustig. Besonders die Lateinstunden entwickelten sich zum Highlight meiner Woche. Herr Jordan war echt ein Original. Diese seltene Mischung aus strengem, aber fairem Lehrer und witzigem Onkeltyp, der von jedem respektiert und gemocht wurde. Ein bisschen wie Herr Heumann. Den hatten die Fünfer leider nicht. Fehlte mir ein wenig. Egal. Latein jedenfalls machte echt Spaß.

Einziger Wermutstropfen in dieser Zeit: *das Gerücht*. Es lauerte überall. In den fünften Klassen – natürlich. In der Pausenhalle. Im Fischi-Flur. Und vermutlich auch im Kunst-Flur.

Wann immer zwei Mädchen an einem grauen, düsteren Wintertag durch einen stillen, verlassenen Gang liefen, schauten sie sich ängstlich um und flüsterten über den *Schulgeist*.

Wann immer irgendwas nicht gefunden werden konnte – von der Kreide bis zu den Hausaufgaben – musste die so betitelte unheimliche Wesenheit dafür herhalten.

Wann immer irgendwas runterfiel – sei es ein Stift, ein Radiergummi oder ein Buch – starrte die versammelte Mannschaft sofort darauf, in der Hoffnung, dass das Objekt anfangen würde, durch die Gegend zu schweben.

Tat mir ja echt leid, sie da enttäuschen zu müssen. Hatte mir nämlich vorgenommen, nichts mehr anzufassen, rein – gar – nichts. Nie wieder.

Kein Dazwischenfunken mehr.

Viel zu gefährlich.

Ende November hockten wir (sprich, Roman und ich) an einem eisigen und windigen Donnerstag in der sechsten Stunde im Ausweichraum und froren. Oder besser, Roman und seine Lateinklasse froren, denn die Heizung funktionierte wieder mal nicht richtig. Das ewige Lied, jedes Jahr aufs Neue: Stadt hatte kein Geld für eine neue Heizungsanlage, Schüler bibberten. So war das eben.

Herr Jordan (selbst vorsorglich im dicken Strickpulli) linste über seine Brillenränder auf die fröstelnden Kinder, als Klassenclown Tobi beim Vorlesen eines Textes über den Circus Maximus vernehmlich schlotterte. Ich guckte auf die Uhr: Noch eine halbe Stunde bis Schulschluss. Oje …

Herr Jordan war meinem Blick offenbar gefolgt, denn plötzlich knallte er mit Schmackes sein Buch zu und verkündete: »So, liebe Leute, wir spielen jetzt was.«

Alles schaute verwirrt von den Büchern auf.

»Was denn, Herr Jordan?«, fragte Tobi, wie immer die Neugier in Person.

Unser Lehrer nahm seine Brille ab und steckte sich den einen Bügel in den Mund (das tat er ständig, wenn er nachdachte oder einen Witz machte). »Ein Geländespiel.«

Er tat geheimnisvoll und die Kinder wechselten aufgeregte Blicke. Verschwörerisch lehnte Herr Jordan sich vor.

»Wer als Erstes zu Hause ist, hat gewonnen.«

Eine Welle aus Gemurmel schwappte durch den Raum.

»Meinen Sie das ernst?«

»Ehrlich?«

Zu meinem eigenen Erstaunen meinte er es tatsächlich ernst. Und ich dachte, ich würde den Mann kennen! Johlend packten die Kinder ihre Sachen zusammen und stürmten hinaus. Bloß Roman schien es nicht so eilig zu haben. Genau wie Lukas (der kleine Blondschopf, mit dem Roman damals aneinandergeraten war).

»Was ist denn mit euch los? Wollt ihr nicht gewinnen?«, fragte Herr Jordan, wobei er sich sein (Cord-)Jackett überstreifte.

Lukas, ein wohlerzogenes Bürschchen, antwortete artig: »Wir wohnen eh zu weit weg.«

»Ach so. Na dann, Jungens, bis nächste Woche!«

Wir traten auf den Flur, Herr Jordan schloss ab und stapfte davon. Roman trottete runter in den Fahrradkeller, wo er sich auf eine kleine Bank setzte. Es war kalt und zugig, aber das störte ihn offenbar nicht.

»Hol dir nichts weg, hörst du?«, ermahnte ich ihn. Er hörte mich nicht. Natürlich nicht. Mir entfleuchte ein Seufzen.

Gerade wollte ich mich neben ihn setzen, da ließen uns Schritte auf der Kellertreppe aufsehen. Lukas, dick eingemummelt in Parka und Schal, tauchte aus dem Dunkel in das schummrige gelbe Licht des Fahrradkellers. Als er Roman sah, geriet er fast ins Stolpern.

Oh-oh, diese beiden, das konnte was geben …

Roman guckte weg und packte weiter sein Zeug aus. Ein Stift fiel ihm runter und rollte davon. Lukas bückte sich und hob ihn auf.

»Hier.«

Unwirsch nahm Roman ihn zurück. »Danke«, brummelte er und starrte wieder zu Boden.

Interessanterweise blieb Lukas stehen. Er drehte seine Mütze in den Händen.

Junge … »Wenn du was sagen willst, sag's!«

Als hätte er mich gehört, platzte er heraus: »Hör mal … Tut mir leid, was ich damals gesagt hab. War blöd.«

Romans Wangen verfärbten sich. Die Stirn gerunzelt sah er auf. »Echt jetzt?«

Lukas nickte. Das schien Roman zu denken zu geben. Nach einem Moment sagte er leise: »Mir tut's auch leid, das mit deiner Nase, mein ich.«

Lukas lächelte. Roman auch.

Häh? Was war denn jetzt passiert?

Das musste (ungelogen!) das erste Mal gewesen sein, dass ich ihn lächeln sah.

Lukas machte Anstalten, sich neben Roman auf die Bank zu setzen. Schnell schlüpfte ich zur Seite weg. In Ermangelung weiterer Sitzgelegenheiten hockte ich mich im Schneidersitz auf den Boden vor den beiden. Hier geschah gerade das Spannendste, das ich seit Wochen erlebt hatte.

Lukas fragte: »Kannst du auch noch nicht nach Hause?«

Roman schüttelte den Kopf. »Nee, da ist jetzt noch keiner.«

»Bei mir auch nicht. Meine Eltern arbeiten beide immer lange. Die wollen nicht, dass ich so lange allein zu Hause bin.«

»Hast du keine Geschwister?«

»Nee, bin Einzelkind. Und du?«

»Ich hab zwei ältere Brüder, aber die sind beide schon erwachsen und arbeiten.«

Lukas staunte. Ich auch. Ganz neue Infos über meinen kleinen Möchtegern-Schläger!

»Dann sind sie aber viel älter als du.«

Romans Achselzucken täuschte über etwas hinweg. »Bin

halt so ein Nachkömmling, den keiner gewollt hat. War nicht geplant.«

Oha. Das klang bitter.

»Quasi ein Einzelkind«, sagte ich. Plötzlich sah ich ihn in ganz neuem Licht.

»Also bist du quasi auch ein Einzelkind, so wie ich«, meinte Lukas.

Spontan entschied ich, den Kleinen zu mögen.

Roman lächelte. Schon wieder!

»Woah, was ist denn nur los heute?« Ihn zur Abwechslung mal so zu sehen, machte mich wirklich froh. Unglückliche Kinder waren für mich immer schon schwer zu ertragen.

»Was machen denn deine Brüder?«, fragte Lukas.

»Der eine ist Versicherungsvertreter, der andere Autoverkäufer.«

»Cool. Waren die auch auf dem Rilke?«

Roman schüttelte den Kopf. Mir schwante was. Sein Vater …

»Mein Vater war dagegen. Obwohl ihre Noten gut genug gewesen wären und sie es wollten. Sind dann halt aufs Lux. Darum haben sie zu mir gesagt, ich soll mich dieses Mal bloß durchsetzen.«

»Und das hast du geschafft«, sagte Lukas.

»Schon.« Roman schwieg eine Weile.

»Aber …?«, hakte ich nach. Dem Jungen musste man alles aus der Nase ziehen, schlimm.

»Aber jetzt hast du Ärger zu Hause«, vermutete Lukas. Ganz schön helle, der Kleine!

Roman nickte. »Mein Vater redet nicht mehr mit uns. Zu meiner Mutter sagt er nur noch das Nötigste, weil sie auf meiner Seite ist, und mich guckt er nicht mal mehr an.«

»Übel.«

»Hm.«

So war das also.

»Aber was hat dein Vater denn gegen das Rilke?«

»Keine Ahnung. Sagt er nicht.«

»Doof.«

»Hm.«

Allerdings.

Einmal mehr packte mich die Neugier. Den Grund für die Abneigung von Romans Vater musste man doch in Erfahrung bringen können! Vielleicht, wenn Klärchen sich darum kümmern würde …

Da durchfuhr es mich wie ein Laserblitz. Ruckartig stand ich auf. Eine Weile starrte ich die beiden Jungen an, die sich jetzt ganz allgemein über Schule unterhielten. Plötzlich wurde mir bewusst, dass ich völlig außen vor war. Und dass ich das nicht mehr wollte.

Ich drehte mich um und ging.

In den Kunst-Flur.

DIFFERENZEN UND DIFFERENZIALE

oder: Der Versöhnung-im-Advent-Plan (und sein Scheitern)

Nein. Ich wollte nicht mehr nur zusehen.

Mit festen Schritten stiefelte ich rüber in den Kunst-Flur. Ich wollte teilhaben.

Ohne mit der Wimper zu zucken durchquerte ich mehrere Leute. Ich musste mit Klara reden. Ich wollte mit Klara reden! Mit einem Mal war meine gesamte (in den letzten Wochen verdrängte) Wut auf sie verraucht, stattdessen vermisste ich sie plötzlich schrecklich. Okay, wahrscheinlich hatte ich sie schon seit unserem Streit vermisst, mir das aber nicht eingestehen wollen. Ebenso wenig die Tatsache, dass ich wirklich verdammt einsam war. Ich Feigling.

An der Ecke zum Kunst-Flur verließ mich der Mut. Wie würde Klara reagieren, wenn sie mich wiedersah? Sie hatte ziemlich deutlich gemacht, dass ich sie in Ruhe lassen sollte. Hätte sie ihre Meinung inzwischen geändert, wäre sie wohl in irgendeiner Weise auf mich zugegangen, oder nicht?

Mir wurde ganz komisch. Klara wollte nichts mehr von mir wissen. Bestimmt.

Ich fuhr mir durch die Haare und lehnte den Kopf an die Wand. »Was mach ich nur, was mach ich nur?«

Meine einzige Freundin in mehr als dreißig Jahren – und ich hatte sie einfach gehen lassen. Und jetzt war es zu spät. Bestimmt.

Das Klingeln schreckte mich auf. Türen wurden geöffnet und Stimmen wurden laut. Langsam ließ ich mich in die eiskalte Wand gleiten. Nur mein Gesicht guckte noch raus. Vielleicht sollte ich erst mal in Ruhe nachdenken, einen vernünftigen Plan schmieden, anstatt mich in die nächste chaotische Aktion zu stürzen. Nicht unbedingt in einer Wand. Generell natürlich.

Leute liefen an mir vorbei, Gesichter, die ich seit Jahren so gut kannte. Auch sie hatten mir gefehlt. Meine Lieblingsklasse. *Meine* Klasse, quasi. Zumindest seit der Freundschaft mit Klara. *Quasi-Gymnasiastin* hatte sie mich genannt. Unwillkürlich musste ich grinsen. Das war schön gewesen.

Obwohl wir nur knapp zwei Monate befreundet gewesen waren (oder weniger, wenn man die anfängliche Kennenlernenphase abzog), hatten wir doch eine verdammt schöne Zeit gehabt. Zumindest ich.

Hatte ich Klara wirklich zu sehr gedrängt, sich zu verändern? Stück für Stück durchforstete ich meine Erinnerungen. Na ja …

Vielleicht?

Zu meiner Verteidigung: Ich hatte es nur gut gemeint! Anscheinend hatte ich es wirklich etwas übertrieben, ohne es zu bemerken. Hinzu kam, dass Klara einfach nicht der Typ war, der einen kritisierte oder zurückwies. Sie war einfach zu nett. Vermutlich auch zu einsam und deswegen wollte sie es sich nicht mit mir verscherzen.

Mann, war ich ignorant. Dass ich das alles jetzt erst erkannte …

Stellte sich die Frage: Was tun?

Durch das Geknister der Wand drang plötzlich eine Stimme an mein Ohr. Blitzschnell zog ich mein Gesicht zurück, wartete ein wenig und tauchte dann wieder auf.

Da war Klara! Sie lief den Flur entlang. Mit wem redete sie denn da? Ich kniff die Augen zusammen. Und dann guckte ich noch mal. Und noch mal. BEN?

»Mach Sachen«, flüsterte ich.

Tatsache, Klara unterhielt sich angeregt mit Ben. Ohne rot zu werden! Oder zumindest allzu rot. Wie lange war ich weg gewesen?! In heller Aufregung beobachtete ich die beiden. Redeten sie nur? Oder flirteten sie etwa? Leider verstand ich aus dieser Entfernung kein einziges Wort. Ben sagte was, Klara lachte, er auch.

Übrigens sah Klara blendend aus. Entgegen meiner Vermutungen war sie nicht zu ihrem alten Look zurückgekehrt. Ihre Haare waren immer noch wellig, ihr Gesicht geschminkt, die Klamotten schlicht, aber schick (okay, ihr Make-up war weitaus dezenter, als ich das empfohlen hatte, nämlich ohne Lidstrich, -schatten und Gloss). Das überraschte mich ehrlich gesagt ziemlich. Nachdem sie mich deswegen doch so runtergeputzt hatte. Seltsam.

Ich ging nicht hinterher. Stattdessen zog ich mich in mein Geheimversteck zurück und überdachte die Lage mit Hilfe von Papier und Bleistift. Aufschreiben half mir manchmal beim Gedankensortieren.

Zunächst notierte ich Klaras Vorwürfe und hakte ab, was stimmte. Ja, ich hatte sie offensichtlich zu sehr gedrängt, sich zu verändern. Nein, ich hatte das nicht aus Eigennutz getan oder weil sie mir nicht gut genug war (sondern, weil ich ihr einfach nur hatte helfen wollen). Ja, ich fürchtete mich vor Veränderungen (dauerte etwas, mir das einzugestehen).

Beim letzten Punkt musste ich noch mal tiefgreifend nachdenken: Hätte ich lieber jemand anderes zur Freundin gehabt? Tina zum Beispiel?

Ganz klar, ich mochte Tina. Schon immer. Wir ähnelten uns in mehreren Punkten. Und zweifellos hatte sie Stil. Doch war mir das wichtig? Also, in einer Freundschaft? Antwort: Nein. Eindeutig.

Tina war natürlich in Ordnung, menschlich gesehen, insofern hätte ich sie auch gern zur Freundin gehabt. *Auch*, genau. Denn zumindest eine Sache war mir jetzt vollkommen klar: Wen auch immer ich sonst noch ganz gut leiden konnte,

Klara wollte ich in keinem Fall mehr missen. Wir waren Freundinnen (gewesen?) und ich mochte sie gerade wegen ihrer ruhigen, gefassten Art, ihrer Freundlichkeit, ihrem mitfühlenden Wesen und ihrem oft überraschenden Humor.

Fragte sich nur noch, wie ich ihr das beweisen konnte. Und ob es was nützen würde. Vielleicht hatte sie mich schon längst abgeschrieben? So wie Tanja damals. Hm. Nein, auch wenn die Chance auf einen zweiten Anlauf noch so klein sein mochte: Ich wollte es auf jeden Fall versuchen.

Die ganze Nacht bastelte ich an meinem neuen Plan. Offizieller Titel: Der Versöhnung-im-Advent-Plan. Die Vorweihnachtszeit stimmte die Menschen bekanntlich milde und qualifizierte sich damit ganz hervorragend für Versöhnungen. Kerzen und Lichterketten verströmten Wärme, Lieder sangen von Liebe und Vergebung, man dachte an seine Familie und Freunde. Darum: Wenn nicht jetzt, wann dann?

Phase 1 des Plans startete gleich am nächsten Morgen. Beobachtung.

Um zu sehen, wie die Dinge standen, würde ich Klara erst einmal ein paar Tage lang heimlich beobachten. Okay, das war zwar eine Neuauflage meines ersten Stalker-Einsatzes ganz am Anfang unserer Bekanntschaft und vielleicht Klara gegenüber auch etwas unschön, dennoch erschien es mir notwendig. Ich wollte sehen, wie es ihr ging und ob es Anzeichen zur Hoffnung gab.

Während ihrer Erdkundestunde versteckte ich mich nebenan, um sie nicht zu verpassen, wenn es zur Pause klingelte. Wie sich herausstellte, war hier derselbe Mathekurs, in den ich Anfang November reingestolpert war. Sehr zu meinem Leidwesen behandelten sie immer noch das Thema Differenzialrechnung. Doch ich biss die Zähne zusammen und ertrug es, indem ich mir vorstellte, damit für mein Verhalten gegenüber Klara zu büßen.

In der Pause verfolgte ich sie neugierig. Normalerweise blieb sie ja in einem der Klassenräume, um allein zu frühstücken (bzw. mit mir). Heute hingegen lief sie zielstrebig in Richtung Nebeneingang. Vor dem Büro der Schülerzeitung hielt sie an und trat ohne anzuklopfen ein.

Moment, Auszeit. War sie etwa tatsächlich bei der Schülerzeitung geblieben?

Es sah ganz danach aus, denn als ich mich schweren Herzen dazu entschlossen hatte, durch die Wand direkt in den Medienschrank des Büros zu steigen, wohnte ich der Redaktionssitzung eines eingespielten Teams bei. Elena war sogar nett zu Klara!

Ich zog mich wieder zurück.

Klara schien sich wohlzufühlen mit den beiden. Halb stolz und halb traurig realisierte ich: Es ging auch ohne mich. Außerdem sah ich Klara mit neuen Augen und mir schwante, dass ich sie womöglich nicht richtig eingeschätzt hatte und ihr trotz meiner eigenen Motivationsreden (von wegen, »Du schaffst das locker!«) nicht genug zugetraut hatte.

Mit einem miesen Gefühl in der Magengegend wanderte ich im Flur auf und ab.

Kurz vor dem Ende der Pause schlenderte Ben an mir vorbei, klopfte beim Büro an und steckte den Kopf durch den Türspalt.

»Hallo«, rief er in seiner gewohnt fröhlich-charmanten Art. »Ich wollte nur Klara abholen.«

HÄH?

Fast wäre mir dieses »Häh« laut herausgerutscht, konnte mich gerade noch rechtzeitig beherrschen. Musste mich erst wieder dran gewöhnen, dass man (Klara) mich nicht bemerken sollte.

Mir blieb der Mund offen stehen. Aus dem Büro hörte ich Stimmen, Stühleschieben und dann kam Klara raus.

»Das ist aber sehr zuvorkommend von dir«, meinte sie neckisch (!) zu Ben, der ihr Grinsen erwiderte.

»Bin eben ein Gentleman.« Wie selbstverständlich nahm er ihr die Tasche ab. Ohne Zögern ließ sie es geschehen.

Aus meinem Versteck hinter der Vitrine, in das ich mit Hechtsprung gesaust war, starrte ich den beiden ungläubig hinterher. Dummerweise nahmen sie den Weg über den Schulhof, so dass ich ihnen nicht folgen (und sie weiter belauschen) konnte.

»Was geht denn da ab?«, wunderte ich mich laut, sobald sie draußen waren.

Einerseits freute ich mich (irgendwie jedenfalls), andererseits geriet mein Weltbild ins Wanken (irgendwie jedenfalls). Im Laufschritt (meine Gedanken rasten schneller als meine Beine) umrundete ich den Schulhof und schlitterte in den Chemiesaal, wo ich mich in der hintersten Bank versteckte.

Durch die Lücken zwischen Tischen und Klappsitzen beobachtete ich den Einzug der 7b. Die nächste Überraschung: Klara und Ben saßen glatt nebeneinander!

Im Laufe der Stunde löste sich das Rätsel zumindest teilweise auf: Die beiden würden gemeinsam ein Referat inklusive Experiment-Vorführung halten. Trotzdem. Dass sie sich so gut verstanden und vor allem, dass Klara so unbefangen in seiner Nähe war – Wahnsinn.

In der Kunst-AG setzte sich das Ganze fort. Die beiden wirkten wie, na ja, wie Freunde quasi – oder eine Vorstufe zu mehr.

Am Ende dieses Tages war ich davon überzeugt, in Klaras Leben überflüssig geworden zu sein. Wie ein geprügelter Hund schlich ich in mein Versteck, haute mich auf mein Sofa und stand das ganze Wochenende nicht mehr auf.

EIN FEUERALARM MIT FOLGEN

oder: Warum ich nie auf meinem Grab tanzen würde

Am späten Montagmorgen schreckte mich das schrille Läuten des Feueralarms aus meinem Dämmerzustand.

»Der ist jetzt nicht echt, oder?« Von einem Probealarm wusste ich hingegen auch nichts. Allerdings hatte ich mich in letzter Zeit auch herzlich wenig im Lehrerzimmer rumgetrieben.

Ziemlich besorgt sprang ich auf und lief die Treppe runter. Es gab nur *eine* Sache, die mir wirklich eine Heidenangst einjagte (neben Gewittern): die Möglichkeit, die Schule könnte abbrennen. Keine Schule, keine Nelly.

Die Mittelstufler verließen gerade ihre Klassenräume und trotteten gemächlich raus auf den Hof. Unter ihnen auch Klara, zusammen mit Daniel und Elena. Als sie auf die Wendeltreppe trat, wanderte ihr Blick kurz nach oben – in Richtung meines Verstecks. Zwangsläufig sah sie mich auf halbem Weg am Geländer stehen. Ihr Gesicht erstarrte und ein Tornado von Gefühlen brauste in ihren Augen. Unfähig, etwas zu sagen, starrte ich einfach zurück. Dann stupste Daniel sie an und der Moment war vorüber. Zusammen mit den anderen verschwand sie nach unten.

Ich sammelte meine zerbröselten Hoffnungen wieder ein und machte mich auf die Suche nach dem möglicherweise vorhandenen Brandherd. Zuerst spurtete ich ins Lehrerzimmer – wo leider niemand mehr war.

Aus praktischen Gründen (schneller) ließ ich mich durch den Boden fallen, wodurch ich direkt im Sekretariat landete. Das Bild, das sich mir hier bot, klärte die Lage sofort: In aller Seelenruhe legte unsere Sekretärin Frau Mertens ihre Unterlagen zusammen, suchten Brille und Lippenstift, räumten ihre Handtaschen ein und begaben sich dann zur Tür.

»Verdammt, sagt mal, müsst ihr mich so erschrecken?«, motzte ich los. Mir war zurzeit wahrlich nicht zum Scherzen zu Mute.

»Mensch! Dämlicher Probealarm!« Mit voller Wucht trat ich gegen den Mülleimer in der Ecke. Scheppernd fiel er um, Blätter, Teebeutel und nicht identifizierbares Zeugs ergossen sich auf den Boden.

»Mist!« Wie betäubt starrte ich auf den Schlamassel, den ich angerichtet hatte. Auf einmal ging mir alle Energie flöten. Was war nur los mit mir? So war ich doch noch nie drauf gewesen. Jedenfalls nicht seit den ersten Tagen hier.

»Okay, hilft ja nichts«, seufzte ich und machte mich daran,

den Müll wieder einzusammeln. Gäbe sonst nur neuen Schwung für *das Gerücht*.

Saft- und kraftlos schleppte ich mich zurück zu meinem Versteck und dachte nach. Die Sache mit Klara nahm mich mehr mit, als mir lieb war. So unausgeglichen kannte ich mich gar nicht. Das Vernünftigste wäre wohl, einen sauberen Schlussstrich zu ziehen, das Ganze abzuhaken und endgültig mein früheres »Leben« wieder aufzunehmen. Schließlich war ich über dreißig Jahre sehr gut damit gefahren, nicht wahr?

Ich sah auf die Uhr. Wie lange würde der Probealarm wohl noch dauern? Zehn Minuten bestimmt. Angetrieben von meiner neuen Entschlossenheit stiefelte ich rüber in den Kunst-Flur und steuerte den Raum an, aus dem Klara vorhin gekommen war. Lange musste ich nicht nach ihrem Platz suchen, ihr blumenverziertes Stiftemäppchen lag gut sichtbar auf einem Tisch in der letzten Reihe (sie saß gerne so, dass sie die Tür im Blick und niemanden hinter sich hatte – leichter Verfolgungswahn). Ich hockte mich auf ihren Stuhl (der natürlich ordentlich an den Tisch geschoben war), nahm einen ihrer Bleistifte und schrieb ganz klein in die Ecke ihres Blocks:

Liebe Klara,
es tut mir leid, dass ich nicht gemerkt habe, wie du dich gefühlt hast. Ich kann verstehen, dass du nichts mehr mit mir zu tun haben willst. Danke für die schöne Zeit.
Nelly

Für einen dramatischen Effekt wären jetzt natürlich ein paar verschwommene Tränenspuren auf dem Papier gut gewesen. Zumindest hätten sie meine drögen Worte mit der angemessen Portion Gefühl versehen. Tja, leider unmöglich. Alles, womit ich punkten konnte, war das leichte Zittern meiner Hand, als ich den Stift weglegte. Nur würde das niemals jemand sehen.

Die ersten Stimmen schallten aus dem Erdgeschoss rauf. Also nahm ich die Beine in die Hand und rannte zurück in mein Versteck. Bis zum Nachmittag packte ich die Sachen, die Klara mir geborgt hatte, in einen Karton. Ich wollte ihren Namen draufschreiben und ihn später zum Büro der Schülerzeitung bringen. Da klopfte es an der Tür. Ich erstarrte. Eine Weile blieb alles still.

Dann: »Nelly? Bist du da? Ich würde gern mit dir reden.«

Mir wurde erst heiß, dann kalt. In Zeitlupe öffnete ich die Tür. »Wirklich?«

Klara nickte. »Sofern du das hier ernst gemeint hast.« Sie hielt mir den Block mit meinen drei Sätzen vor die Nase.

»Das habe ich. Jedes Wort.«

»Okay. Dann lass uns reden.«

Mein Kopf war leer, aber ich schaffte es, sie reinzubitten. Sie setzte sich auf mein Sofa. Ich nahm auf einem Stapel alter Biobücher Platz. Beklommenes Schweigen breitete sich aus.

Ihr Blick fiel auf den Karton. »Sind das meine Sachen?«

Der unterkühlte Ton, mit dem sie das fragte, ließ mich zusammenzucken und falls das irgendwie möglich war, wuchs meine Anspannung um noch einen Zacken. Mit plötzlich heiserer Stimme sagte ich ihr, was ich damit vorgehabt hatte.

»Also glaubst du nicht, dass wir uns wieder vertragen können?«

Das traf mich völlig unerwartet. Mein Kopf ruckte hoch und ich starrte sie an. Ihre Miene war unergründlich. Ernst, sauer, enttäuscht? Schwer zu sagen.

»Ich – ich dachte nicht, dass du das willst.«

»Wie kommst du darauf?«

Immer noch dieser nüchterne Tonfall, gruselig. Ich wand mich ein wenig, ehe ich was sagte. »Na ja, ich hab … dich gesehen.« Das war immerhin nicht gelogen. »Du scheinst gut ohne mich klarzukommen.«

»Ich kann schlecht die ganze Zeit mit Trauermiene in der Schule rumlaufen«, erwiderte sie.

Das stimmte natürlich. Hoffnung keimte in mir auf. »Heißt das … ich hab dir doch ein bisschen gefehlt?«

Jetzt starrte sie mich an. »Das ist doch wohl klar! Nelly, wir haben fast jeden Tag zusammengesteckt, natürlich hab ich dich da vermisst, als das nicht mehr so war.«

»Also nur aus Gewohnheit …«, murmelte ich und glaubte zu verstehen.

»Nein«, sagte sie fest. »Weil du meine Freundin bist. Dachte ich zumindest.«

Bildete ich mir jetzt was ein oder hatte sie das gerade wirklich gesagt? Es dauerte einen Moment, bis ich meine Sprache wiederfand. »Bin ich? Immer noch? Auch jetzt?«

Wie eine Erwachsene, die mit einer Sechsjährigen spricht, sagte Klara: »Nelly, wegen eines Streits gibt man doch nicht gleich die ganze Freundschaft auf.«

Nicht? Woah. Da hatte sich seit Tanja aber einiges getan! Wieder mal hätte ich heulen können. War in letzter Zeit echt zu nah am Wasser gebaut.

»Ehrlich?«

Jetzt lächelte sie glatt ein wenig. »Du bist mir vielleicht eine … Es tut dir doch leid, oder nicht?«

Ich nickte so heftig, dass anderen (normalen) Leuten schwindelig geworden wäre.

»Na, also.«

Ein winzig kleiner Funken Freude wagte sich an mein Herz. »Dann ist jetzt alles wieder in Ordnung zwischen uns?«

Klara hob die Hand. »Noch nicht ganz.«

Mir stockte der Atem, der Funke drohte wieder zu erlöschen.

»Erst muss ich mich auch bei dir entschuldigen. Es tut mir leid, was ich zu dir gesagt hab. Das war unfair und gemein.«

Ich atmete auf und ein regelrechtes Freudenfeuer eroberte mein Herz. »Unsinn, du hast schließlich nicht ganz Unrecht gehabt.«

Sie schüttelte den Kopf. »Mir ist klar geworden, dass du nur durch deine Methoden, dadurch, wie du dich hier eingerichtet hast, all die Jahre bei Verstand bleiben konntest. Ich hätte verstehen müssen, dass du Angst davor hast, daran was zu ändern.«

»Danke.« Ich räusperte mich. »Dann möchte ich dir auch noch sagen, dass ich wirklich gerne mit dir befreundet bin. Und zwar genau so, wie du bist.«

Wir lächelten uns an.

Nach dieser glücklich über die Bühne gebrachten Versöhnung (nebenbei: YAY!) tauschten wir unsere Erlebnisse der vergangenen Wochen aus. Als Erstes erkundigte ich mich (gar nicht neugierig) natürlich nach Klaras gutem Verhältnis zu Ben. Darauf wurde sie zwar ein bisschen rot, zuckte aber die Achseln und meinte nur, das habe sich einfach so mit dem Chemiereferat ergeben (hatten sich beide fürs selbe Thema gemeldet), sie würde sich auch über sich selbst wundern. Weiter wollte ich nicht bohren, um nicht gleich wieder ins Fettnäpfchen zu treten, und verbuchte diese Aussage schlicht unter »Gutes Zeichen«.

Nächstes Thema: Schülerzeitung!

»Na ja«, setzte Klara an, »ich wollte nicht sofort wieder aufhören, nachdem ich gar nicht richtig angefangen hatte. Sonst wäre ich mir nämlich echt blöd vorgekommen, vor allem gegenüber Elena und Daniel.«

»Und woran arbeitest du gerade? Dem Roman-Artikel?«

»Auch.« Sie zögerte und mir schwante Übles. »Um ehrlich zu sein, hab ich in letzter Zeit ein bisschen über dich nachgeforscht.«

Nun war ich baff. »Ach was?«

»Ja, aber keine Sorge, Elena und Daniel hab ich davon nichts gesagt. Erst hab ich das nur aus Trotz gemacht, aber dann hab ich gedacht, vielleicht finde ich was raus, das dich auch interessiert – und für den Fall, dass du es dir doch noch anders überlegst mit dem Artikel.«

Sie suchte in meinem Gesicht nach einer Reaktion. So ganz wusste ich nicht, was ich davon halten sollte. Irgendwie war es mir nicht so ganz recht. Irgendwie war ich aber auch gerührt. Letztlich siegte die Neugier.

»Was hast du denn bisher rausgefunden?«

Erleichterung wischte die Anspannung aus ihrer Miene. Hastig fischte sie in ihrer Tasche nach einem Pappordner. »Hier, ich hab alles dabei, willst du mal sehen?«

»Klar!« Ich wechselte zu ihr aufs Sofa, um besser in den Ordner gucken zu können.

Ganz oben lagen meine Todesanzeige und die Artikel über den Unfall. Danach folgten weitere Kopien von Zeitungsartikeln und anderen Texten, auch ein paar Bilder waren darunter. Bei einem der Fotos hielt ich inne.

»Was …?«

»Oh«, Klara guckte erst das Bild an, dann mich. »Äh, also, es ist so … Ich war an deinem Grab.«

Das musste ich erst mal verdauen.

Leise fragte Klara: »Alles okay?«

Wie von selbst nickte mein Kopf.

»Ich kann mir vorstellen, dass das für dich ganz schön seltsam sein muss«, sagte sie.

»Seltsam ist gar kein Ausdruck«, wisperte ich. »Kaltes Grausen« träfe es besser.

Als könnte ich mich am Papier verbrennen, nahm ich das Bild in die Hand und studierte es aus nächster Nähe.

»Für mich war es auch irgendwie gruselig, weil du mir – auch wenn das doof klingt – eigentlich immer so lebendig vorkommst.«

Ich schwieg, war zu gefangen von dem Anblick meines eigenen Grabsteins. Er war schon schön, irgendwie. Doch. Weißer Marmor mit goldener Schrift, sah richtig edel aus. Hatte bestimmt meine Mutter ausgesucht. Das Grab an sich war natürlich auch bestens gepflegt. Sogar ein Strauß mit meinen Lieblingsblumen (orangene Gerbera) stand darauf.

»Übrigens hab ich auch was über deine Familie herausgefunden.« Klara blätterte in ihren Unterlagen.

Dankbar für die (beabsichtigte) Ablenkung legte ich das Bild aus der Hand und versuchte es nach Kräften aus meinen Gedanken zu löschen.

»Hier, dein Vater ist inzwischen pensioniert. Er und deine Mutter leben immer noch im selben Haus.« Klara reichte mir ein Foto.

Ja, das war unser Haus. Meine Güte.

»Sie wohnen echt immer noch da?«, fragte ich.

»Sie haben sogar noch dieselben Nachbarn, soweit ich das sagen kann.«

Das machte mich auf seltsame, halb erleichterte und halb wehmütige Weise froh. Vor allen Dingen war ich erleichtert, dass meine Eltern beide noch lebten. Dass sie immer noch da waren.

»Und mein Bruder?«

»Der hat – du wirst es nicht glauben – deine beste Freundin geheiratet und lebt jetzt in Kanada.«

»WAS? Mein Brüderchen und Irmi?«

Klara nickte und gab mir ein weiteres Blatt. Eine Hochzeitsanzeige.

»Mach Sachen …« Ich kam aus dem Staunen gar nicht mehr raus. »Du, sag mal, würdest du mir den Ordner vielleicht dalassen? Eine Nacht reicht schon. Ich würde das alles gern in Ruhe lesen.«

»Sicher, gar kein Problem«, sagte Klara.

Ich strahlte sie an. Mensch, war ich froh, dass wir uns wieder verstanden!

»Und, was den Artikel über mich angeht …«, begann ich. Klaras aufmerksamer Blick ruhte auf mir. Ich straffte meine Schultern. »Schreib ihn ruhig.«

»Bist du sicher?«

Jep. Das war ich. Das Gerücht war eh schon rum. Und wie

sie ganz vernünftig argumentiert hatte, niemand hatte versucht mich zu fangen oder war überhaupt dazu in der Lage. Ich schüttelte den Kopf über meine eigene Doofheit.

»Außerdem muss ich ja auch an die Zukunft denken. Du bist spätestens nach dem Abi weg. Wenn alle von mir wissen, erhöht das vielleicht wirklich die Chancen, dass mich wieder jemand sieht.«

Klara schlug die Augen nieder. »Meinst du, von dir zu wissen, würde schon reichen?«

»Keine Ahnung, ist einen Versuch wert, oder nicht? Schließlich wissen wir nicht, warum du mich so plötzlich sehen konntest, darum …« Diesmal bemerkte ich, dass irgendwas nicht stimmte. Klara hatte die Arme um sich geschlungen und presste die Lippen zusammen, als würde sie versuchen, nicht loszuheulen. Sofort schrillten bei mir alle Alarmglocken, lauter als jeder Feueralarm. Ich rückte näher und legte den Arm um ihre nach vorn gekrümmten Schultern. »Was ist? Alles okay?«

»Jaja. Es ist nur …« Sie mied meinen Blick. »Ich hab da schon so einen Verdacht, warum ich dich plötzlich sehen konnte.«

»Echt? Seit wann?«

»Ehrlich gesagt … schon die ganze Zeit.«

Ungläubig starrte ich sie an. Sie ließ den Kopf hängen. Also hielt ich taktvoll meinen Mund und wartete, dass sie weitersprach.

»An dem Tag, als ich dich das erste Mal gesehen hab, da hatte ich Koop. Die Stunde war wieder mal besonders bescheiden.« Sie schnaubte abfällig, aber ihre Stimme zitterte so sehr, dass ich sie am liebsten ganz fest umarmt hätte.

»Wie immer hatte keiner mit mir geredet«, fuhr sie fort, »schon den ganzen Tag nicht, die Woche davor auch nicht und nach den langen Ferien … Ich war also ziemlich down. Tja, und auf der Rückfahrt zum Rilke, da hab ich so aus dem Fenster geguckt und mir plötzlich gewünscht, na ja, einfach zu verschwinden …«

O Mann. Meine Kehle schnürte sich zu. »Das ist ja schrecklich. Mensch, Klara!«

Ich legte auch den anderen Arm um sie, drückte sie leicht und verwünschte mein Schicksal, weil sie es kaum fühlen und ich nicht mehr tun konnte.

Klara schniefte kurz und atmete tief durch. »Schon gut, jetzt geht es mir ja besser. Vor allem dank dir.«

Ein wenig überwältigt schluckte ich. »Ach du …«

Den Rest des Nachmittags erzählte Klara mir alle Neuigkeiten aus der Stufe (Jo und Miri hatten sich gezofft! Tina war jetzt mit Mark zusammen!) und von zu Hause (ihre Mutter war befördert worden und Neko hatte sich mit einem Kater aus der Nachbarschaft gefetzt, aber zum Glück nicht schlimm). Im Gegenzug berichtete ich ihr von Romans Klasse und Herrn Jordans Geländespiel, das so überraschende Ergebnisse nach sich gezogen hatte.

Wir beschlossen, der Geschichte um Romans Vater auf den Grund zu gehen, denn das war ja so kein Zustand mit dem Kind.

Ganz genau, *wir* beschlossen das.

Wir.

KYOSHI KONO YORU

oder: Die schönste Zeit des Jahres aller Zeiten

Der Dezember wurde ein wahrer Wonnemonat – nicht gerade vom Wetter her, natürlich. Sondern wegen der Wärme von innen. (Schön formuliert, nicht wahr?) Nachdem wir uns wieder versöhnt hatten, ging es in allen Bereichen aufwärts, sowohl für mich als auch für Klara.

Ihr Chemiereferat mit Ben wurde ein voller Erfolg und auch danach trieb Ben sich des Öfteren in Klaras Nähe herum (was zur Folge hatte, dass ich des Öfteren meinen Schnabel halten musste, aber im Dienste der Sache tat ich das gern). Zum Beispiel holte er sie weiterhin jeden Freitag vor Chemie im Büro der Schülerzeitung ab (was ich so was von total süß fand!).

Die Schülerzeitung im Übrigen hatte sich, ganz nach Plan (ein bisschen freute ich mich schon darüber), als wahrer Glücksgriff erwiesen. Klara hatte Spaß dran (die Hauptsache), verstand sich gut mit Daniel und Elena, und nahm mehr am Schulleben teil. Zusammen mit den beiden anderen setzte sie sich für die Belange der Schüler ein, was dank ihres Gerechtigkeitssinns ein Leichtes für sie war. Denn wenn es um solche Dinge ging, konnte sie sich richtig in Rage reden (mit einer Energie, die sie sonst nur bei ihren Japanthemen aufbrachte).

Mit meinem »Insider-Wissen« half ich ihr beim Schreiben des Schulgeist-Artikels. Die Infos über meine Familie erwiesen sich weiterhin als sehr spannend. Zum Beispiel führte mein kleiner Bruder in Kanada ein Restaurant. Uli als Koch – zum Schießen die Vorstellung!

»Weißt du, früher hat er sich immer mit viel Fantasie um den Abwasch gedrückt. Und er wäre im Leben nicht draufgekommen, meiner Mutter in der Küche zu helfen, von wegen Weiberkram und so.«

»Tja, Menschen ändern sich«, bemerkte Klara weise und tippte ihren Satz zu Ende. So ein Laptop war schon was Feines, das musste ich zugeben. Wenn nur das Tippen nicht wäre …

»Ich könnte ja mal versuchen mit ihm Kontakt aufzunehmen.«

»Echt?«

Klara nickte. »Im Internet steht die Adresse seines Restaurants. Was meinst du?«

»Hmm, weiß nicht …«

»Generell hatte ich überlegt, vielleicht mal deine Eltern zu besuchen.« Ihr prüfender Blick ruhte auf mir.

Ich zögerte. »Darüber muss ich nachdenken, okay?«

»Klar, mach dir keinen Kopf. Den Artikel kann ich auch so schreiben. Elena und Daniel sind jedenfalls schon ziemlich gespannt.«

Darüber freute sie sich und ich mich auch. Anerkennung tat immer gut. Der Artikel würde in der Januar-Ausgabe gleich nach den Weihnachtsferien erscheinen. Als Aufhänger hatte Klara *das Gerücht* (mit dem ich mich inzwischen halbwegs angefreundet hatte) genommen und dann die Schüler aufgelistet, die seit Gründung der Schule (1875, also voll die Arbeit!) während ihrer Schulzeit gestorben waren. Zum Glück (?) war ich die Einzige, die hier an der Schule umgekommen war (mehr oder weniger). Das engte die journalistisch nachvollziehbaren Möglichkeiten also ganz schlüssig auf mich ein. Der Artikel endete mit einem Abschnitt über mein Leben, inklusive Bild.

Ein Nebeneffekt dieser Arbeit war, dass ich nun öfter an früher dachte und Klara davon erzählte. Sie hörte mir gern zu, machte sich oft Notizen für ihren Artikel und war ganz allgemein der Ansicht, es würde mir gut tun, mich endlich mit meiner Vergangenheit auseinanderzusetzen. Davon war ich nicht so ganz überzeugt, denn manchmal rutschte ich mitten im Unterricht in Erinnerungs-Tagträume ab und Klara musste mich anschubsen, damit ich nicht den halben Tag auf ein und derselben Fensterbank hockte.

Wie vor unserem Streit nahm ich nämlich wieder am Unterricht der 7b teil. Allerdings nicht mehr strikt an allen Stunden. Einerseits, um Klara nicht zu sehr auf die Pelle zu rücken. Andererseits, um Roman im Auge zu behalten (und, zugegeben, Herrn Jordans Lateinunterricht weiter zu besuchen). Bei dem kleinen Möchtegern-Schläger war es nämlich seit dem berühmten Geländespiel ebenfalls aufwärts gegangen: Er und Lukas hatten sich glatt angefreundet, saßen im Unterricht nebeneinander und hingen in der Pause zusammen rum. Dadurch bekam Roman auch Kontakt zu Lukas' Freunden (die zwei Stänkerer vom Chemie-Zwischenfall – unglaublich, oder?) und verlor endlich seinen Außenseiterstatus. So wurde wenigstens die Schule für ihn besser, wenn es schon zu Hause nicht stimmte.

Und vor allen Dingen: Es war Advent! Juchu! Unnötig zu erwähnen, dass ich Weihnachten liebte.

Wenn ich nun morgens auf Klara wartete, saß ich nicht mehr in der Ecke auf den Stufen, sondern schaukelte fröhlich auf dem großen Adventskranz, der beim Eingang hing. Als sie mich das erste Mal da oben entdeckte, musste Klara sich sehr zusammenreißen, um nicht laut loszulachen (könnte aber auch an meinem süßen Santa-Girl-Outfit gelegen haben).

Klara brachte mir Goldfolie mit und gemeinsam hockten wir in meinem Versteck, erzählten uns von vergangenen Weihnachtsfeiern und bastelten Sterne, die ich nachts in den Klassen und am großen Weihnachtsbaum in der Pausenhalle verteilte. *Das Gerücht* wollte ja schließlich positiv genährt werden!

»Was würdest du eigentlich machen, wenn du mit einem Japaner zusammen wärst?«, fragte ich sie an einem solchen gemütlichen Bastelmittag, während aus meinem alten Kofferradio die japanische Version von »Stille Nacht« *(Kyoshi kono yoru)* dudelte, leise (und korrekt!) mitgesungen von Klara. »Weihnachten ist für die ja gar kein Fest wie bei uns.«

»Och, das wäre kein Problem«, erklärte Klara und schnibbelte eifrig ein neues Muster in ihren Papierstern. »Im Gegenteil, wir hätten es sogar einfacher als andere Pärchen, die immer überlegen müssen, welchen Weihnachtstag sie mit wessen Familie verbringen, damit niemand beleidigt ist.«

»Ja, und wie? Was würdet ihr tun?«

»Er würde einfach Weihnachten bei uns feiern und zu Neujahr, was bei den Japanern das höchste Familienfest des Jahres ist, würde ich mit zu ihm kommen. Perfekt, oder?«

»Allerdings«, lachte ich. »Für den Fall, dass das mit Ben nichts wird, kannst du dir immer noch einen Japaner angeln, wenn du mal da bist.«

»Genau«, sagte Klara. Der ironische Ton in ihrer Stimme war nicht zu überhören. Dass sie mit Ben auf einem guten Weg war (meiner Ansicht nach), wollte sie partout nicht wahrhaben. Übrigens würde sie jetzt doch den Japanisch-Kurs machen, hatte sie vor kurzem beschlossen, was ich natürlich voll unterstützte (unter der Bedingung, dass sie mir was Schönes mitbrachte, wenn sie dann später mal nach Japan flog). Dafür hatte sie mit ihrer Mutter abgemacht, eine Weile auf ihr Taschengeld zu verzichten.

»Hast du dich jetzt eigentlich für einen Kurs entschieden?«, fragte ich. Sie hatte bei dem Einstufungstest im Internet (total cool so was!) nämlich zwei verschiedene Schwierigkeitslevel vorgeschlagen bekommen.

»Nee, ich denke, ich warte noch bis nach dem Halbjahreszeugnis mit der endgültigen Entscheidung. Erst mal gucken, wie das so wird.«

Darauf sagte ich nichts, grinste mir nur eins. Sie war immer so übervorsichtig, meinte, sie müsste vielleicht im nächsten Halbjahr mehr lernen, wenn ihr Schnitt gesunken wäre. Und dann hätte sie nicht mehr so viel Zeit für Japanisch und so weiter und so weiter.

Meinen persönlichen Höhepunkt der Weihnachtszeit bildete wie jedes Jahr der ökumenische Gottesdienst in der Pausenhalle am letzten Schultag. Dafür trug ich diesmal extra ein goldenes, knielanges Flitterkleid im Charleston-Stil und eine goldene Schleife im geflochtenen Haar, dazu goldene Pumps (das Thema dürfte klar sein). Im winterlichen Dämmerlicht eines kalten Morgens hockten die gesamte Schülerschaft und die meisten Teile des Lehrkörpers eingemummelt in Jacken und Schals auf den großen Sitzstufen und herbeigeschafften Stühlen, bestrahlt vom warmen gelben Licht des großen Weihnachtsbaums, lauschten der Predigt und den Fürbitten, sangen gemeinsam Weihnachtslieder und klatschten fleißig für die Darbietungen des Chors.

»Früher hab ich es ja gehasst, in die Kirche zu gehen«, flüsterte ich Klara zu, neben der ich quasi saß, indem ich auf dem Treppengeländer balancierte. »Damals musste ich nämlich immer, jeden Sonntag, plus die Schulgottesdienste jeden Mittwoch. Aber seit ich nicht mehr *muss*, finde ich es eigentlich ganz schön. Besonders an Weihnachten!«

Denn dann gab es die tollen Lieder, die vielen Lichter, die ganze feierliche Stimmung eben. Ich LIEBTE das!

Klara deutete ein Lächeln an, durfte sich ja nicht verraten. Zu ihrer anderen Seite saß nämlich kein Geringerer als Ben (kein Kommentar, höhö). Zuvorkommend wie immer hielt er Klara das Liederblatt hin, damit sie mit reinsehen konnte. So kam ich ebenfalls in den Genuss und sang inbrünstig mit.

Am Ende wünschte unser Rektor noch allen frohe Weihnachten und schöne Ferien. Außerdem bedankte er sich bei den fleißigen Wichteln, die die ganze Schule mit diesen hübschen goldenen Sternen bedacht hatten.

Bei diesen Worten sprang ich auf und winkte wie wild: »Jihaaa! Gern geschehen! Nicht wahr, Klara?«

Klara grinste in sich hinein, stille Genießerin, die sie nun mal war.

In diesem besonderen Jahr wurde mir dann noch eine ganz besondere Bescherung zuteil: Klara besuchte mich am Morgen des Heiligen Abend und feierte mit mir. Da saßen wir um meinen selbst gebastelten Mini-Weihnachtsbaum, der mit Papiersternen und Origami-Figuren geschmückt war, teilten uns Plätzchen und Kakao (Klara die Materie, ich den Duft) und unterhielten uns prächtig.

»Okay«, sagte Klara und nahm sich noch ein Plätzchen, »Lieblingsfilme: all time favourites, top drei.«

»Hmm«, ich dachte scharf nach, »*Love Story*, definitiv. Hui, hab ich damals geheult. Dann *Ben Hur*. Und …«

»*Ghost – Nachricht von Sam?*«

»Och du!« Ich warf ein Plätzchen nach ihr. »Sehr lustig. Nein, ich würde sagen, *Shakespeare in Love*.«

»Wundert mich, dass du den kennst. Ist schließlich noch nicht sooo alt«, sagte sie, nachdem sie das Plätzchen mühelos gefangen hatte.

Meine Finger streckten sich automatisch zum Victory-Zeichen. »Tea Time vor den Ferien bei Mister Schulz!« Bester Englischlehrer aller Zeiten. »So, jetzt du.«

Klara kuschelte sich tiefer in ihren Mantel. Zwar sorgte das kleine Heizöfchen, das sie schon Anfang Dezember mitgebracht hatte, für eine angenehme Temperatur (nahm ich an), aber das Mädel hatte es gern supergemütlich.

»Mal sehen, *Stolz und Vorurteil*, klar.«

Ich nickte, war schließlich eines ihrer Lieblingsbücher.

»Dann auf jeden Fall *Kikis kleiner Lieferservice*.«

»O ja, der ist süß«, warf ich begeistert ein. Die Geschichte über die kleine Hexe, die zu Hause auszieht und ihr eigenes Geschäft in einer großen Stadt am Meer aufmacht, war einfach zu goldig.

»Total, oder? Tja, und als drittes *Kikujiros Sommer.*«

Mein Stirnrunzeln ließ sie erklärend anfügen: »Den kennst du noch nicht, müssen wir uns aber unbedingt mal zusammen anschauen.«

»Gerne«, rief ich und klatschte in die Hände. »Bin gespannt. Und lass mich raten: Japanisch mit Untertiteln?«

»Was sonst?«

Wir lachten laut und der Morgen ging viel zu schnell vorbei. Jep, ich liebte Weihnachten, definitiv. Besonders dieses Jahr.

ELTERNSPRECHTAG MIT DOPPELSCHOCK

oder: Eine Lektion im Poltern

Die Weihnachtsferien gestalteten sich dank Klaras häufiger Besuche ungewohnt kurzweilig. Diesmal kam Neko zwar nicht mit (es war viel zu kalt für eine kleine Wohnungskatze), dafür schleppte Klara reichlich Filme, Serien und Bücher an. Ehe wir uns versahen (wir hatten kaum unser geplantes Filmpensum geschafft) zogen die Heiligen Drei Könige durch die Straßen und die Schule ging wieder los.

Gleich in der ersten Woche erschien die neue Ausgabe unserer Schülerzeitung *Sphinx*, mit dem berühmten Artikel über meine Wenigkeit. In aller Bescheidenheit sollte gesagt werden, dass es die bestverkaufte Ausgabe in der Geschichte der Zeitung wurde, und Klaras Artikel schnurstracks zum Talk of the Town bzw. School avancierte.

Und, wie Klara vorausgesagt hatte, fanden es alle cool, einen eigenen Schulgeist zu haben. Vor allem ein so sympathisches Mädel wie mich! Ja ja, Eigenlob stinkt. 'tschuldigung. Die Bezeichnung jedenfalls störte mich jetzt viel weniger als am Anfang.

Alles in allem verlief der Januar ganz wunderbar, sah man mal von dem üblichen Übel ab: Als die Halbjahreszeugnisse verteilt wurden, lösten die Noten bei einigen richtiggehend Panik aus, während andere in stummer Verzweiflung ihrem Schicksal entgegensahen.

In der fünften Klasse von Roman ging man dagegen noch weitaus gelassener mit den Zeugnissen um. Romans Noten waren recht durchwachsen, was allein an seiner fehlenden mündlichen Beteiligung lag.

Lukas versetzte seinem Kumpel einen Ellbogenstüber, nachdem sie ihre Zeugnisse ausgetauscht hatten. »Du weißt doch immer alles, warum sagst du denn nie was?«

»Würde mich auch mal interessieren«, meinte ich mit hochgezogenen Augenbrauen.

Roman druckste ein wenig herum. »Ich will eben nicht als Streber gelten, die anderen mögen mich ja schon jetzt nicht.«

»Aber dann ist es doch eh egal«, rief ich und schüttelte den Kopf über so viel Unlogik.

»Aber dann ist es doch eh egal, oder nicht?«, sagte Lukas.

Ich mochte den Kleinen wirklich.

»Gut so, zeig ihm, wie der Hase läuft!« Ich wuschelte ihm durchs Haar.

Er kratzte sich am Kopf und zog die Schultern hoch. »Zieht's hier irgendwo?«

»Ich merk nix«, brummte Roman.

Lukas zuckte die Achseln. »Dann war's wohl Nelly.«

EEEEH?

Mir blieb die Spucke weg. (Nebenbei: zu viele japanische Filme in den Ferien. *Dachte* sogar schon »Eh?« statt »Häh?«.)

Roman grinste. »Glaubst du echt an den Quatsch?«

Lukas setzte seine Oberlehrer-Miene auf. »Mein lieber Freund, es gibt mehr Dinge zwischen Himmel und Erde, als sich unsere Schulweisheit träumen lässt.«

Schlaues Kind, keine Frage.

»Ja ja.« Roman packte sein Zeugnis weg. »Ich hab den Artikel gestern meiner Mutter gezeigt. Sie meinte, sie kannte diese Nelly sogar.«

»Echt?« Lukas staunte.

Und ich erst! Romans Mutter war mir also zu Recht bekannt vorgekommen!

»Ja«, fuhr er fort, »sie hat erzählt, sie war zwei Klassen unter ihr auf der Volksschule.«

Daher! Schnell durchforstete ich meine Erinnerungen an unsere kleine Volksschule auf dem Land mit den viel zu großen Klassen (allein in der Neunten waren wir 48 Schüler gewesen). Zwei Jahre jünger, dann musste sie in der Klasse von meiner besten Freundin Irmi gewesen sein. Ein verschwommenes Gesicht tauchte in meinem Kopf auf. So was. Die Welt war doch echt ein Dorf.

Wenig später erzählte ich Klara davon, die gerade an einem

Artikel über auffällige Schüler wie Roman (ehemals hoffentlich) schrieb. Die nächste Ausgabe der *Sphinx* würde sich dem Thema schwerpunktmäßig widmen.

»Vielleicht sollte ich mal mit Roman reden«, überlegte Klara. »Könnte sagen, ich hätte gehört, seine Mutter würde dich kennen, und dann vorsichtig versuchen, was über seine Situation zu Hause rauszukriegen.«

»Aber doch nicht für den Artikel?«, fragte ich entsetzt. Mein armer Roman!

»Quatsch, das wäre ja fies. Nein, um ihm zu helfen natürlich. Ist zwar unwahrscheinlich, aber wenn wir rausfinden, was sein Vater gegen das Rilke hat, können wir vielleicht was tun.«

»So gefällst du mir.« Ich klopfte ihr auf die Schulter. »Klara, die Rächerin der Enterbten und Beschützerin des kleinen Mannes! Dazu sage ich nur: *Yaruzo!*«

Wir legten unsere Hände zusammen und riefen laut: »OH!«

Mit unserem japanischen Schlachtruf (der so viel bedeutete wie »Ziehen wir's durch«) war er beschlossene Sache, unser Bekehrung-von-Romans-Vater-Plan.

Nach der sechsten Stunde am nächsten Freitag passten wir Roman ab und Klara bat ihn quasi um ein Interview, unter dem Vorwand, noch einen Artikel über mich schreiben zu wollen.

»Ich hab gehört, deine Mutter kannte sie«, sagte sie zu Roman.

Wir setzten uns auf die unterste Stufe in der Pausenhalle, um uns herum wuselten die Kinder gen Heimat.

»Woher weißt du das?«, fragte Roman. Seine dichten Brauen hatten sich zusammengezogen.

»So klein und schon so misstrauisch«, kommentierte ich.

Klara lächelte geheimnisvoll. »Ich hab da so meine Quellen.«

Ich hob die Hand. »Anwesend!«

»Also, was hat deine Mutter dir denn erzählt?« Reportermäßig zückte Klara Block und Stift.

Roman zögerte immer noch. »Nur, dass Nelly an der Volksschule zwei Klassen über ihr war.«

»Sonst nichts? Zum Beispiel, wie Nelly so war oder ob deine Mutter sie leiden konnte?«

Roman schüttelte den Kopf, doch plötzlich hielt er inne. »Ach ja, dass sie immer ziemlich krasse Klamotten getragen hat.«

»Ich bin eine Legende«, tönte ich und fuhr mir wie die große Greta Garbo durchs Haar.

Klara biss sich auf die Lippen, um nicht loszuprusten. »Meinst du, ich könnte vielleicht mal mit deiner Mutter reden, am Elternsprechtag zum Beispiel?«

Er ließ den Kopf hängen. »Sie kommt nicht.«

»Ach so?«

»Mein Klassenlehrer will mit meinem Vater sprechen.«

»Das ist doch super!«, warf ich ein. »Dann kann ich ihr Gespräch belauschen.«

Klara nickte. »Und was ist mit deinem Vater?«

»Was soll mit dem sein?« Roman versteifte sich, sein Gesicht wurde verschlossen.

»Kannte er Nelly auch?«

»Weiß ich nicht. Kann ich jetzt gehen? Muss nach Hause.«

»Oh, ja klar. Danke.«

Und weg war er.

»Tja, Satz mit X«, befand ich.

»War zu erwarten«, flüsterte Klara, packte ihre Sachen ein und stand auf.

»Trotzdem schade. Aber Elternsprechtag klingt doch vielversprechend!«

Und so tigerte ich drei Tage später im Flur vor Romans Klasse auf und ab, in Schale geworfen mit schräg geschnittenem schwarzen Pulli, weißen Jeans und schwarzen Stiefeln. Drinnen saß Herr Bossels, der Klassenlehrer der 5b, draußen warteten mehrere Eltern(teile) darauf, dass sie aufgerufen wurden. Auf der aushängenden Liste hatte ich nachgeschaut, wann Romans Vater, »Herr Meier«, dran war. Ich sah auf die Uhr. Lange dürfte er nicht mehr auf sich warten lassen. Stellte sich natürlich die Frage, ob er überhaupt herkommen würde.

Die Tür ging auf und der Nächste wurde hereingebeten. Mit verschränkten Armen schaute ich den Gang entlang. Ein Mann kam um die Ecke. Mein Herz setzte aus.

»Hannes?«

Meine Knie wurden so weich, als wollten sie zerfließen. Und der Rest von mir gleich hinterher.

»Hannes, bist du das?«

Mit mürrischem Gesicht hängte der Mann seinen Mantel auf. Ich schwankte zu ihm.

»Grundgütiger!«

Er war es. Sein kantiges Gesicht, das ich einmal beinahe besser als mein eigenes gekannt hatte, war von Falten und Gram zerfurcht, seine schwarzen Augen müde. Graue Strähnen durchzogen sein ehemals braunes Haar. Seine Stimme klang seltsam fremd, als er die anderen Eltern begrüßte.

Aber er war es. Mein Hannes. Der einzige Kerl, mit dem ich länger als ein paar Wochen zusammen gewesen war.

Er setzte sich. Ich ging neben ihm in die Hocke und streckte die Hand aus, berührte sanft sein Gesicht mit den Fingern. Ich musste es einfach tun, auch wenn –

Er schauderte und wischte mit der Hand über seine Wange, als wolle er eine Fliege verscheuchen. Ich zitterte am ganzen Körper, lehnte mich an die Wand und fuhr mir über die Stirn. Sterne tanzten vor meinen Augen und mir war ganz schrecklich schwindelig.

Meier! Warum nur …?

Na klar, weil es eben ein Allerweltsname war. Ein riesiger Prozentsatz in diesem Land trug denselben Nachnamen.

»Ich bin so blöd«, keuchte ich.

Bis Hannes aufgerufen wurde, hatte ich mich einigermaßen gefangen. Das helle Licht in der Klasse blendete nach dem Dämmer im Flur, ich blinzelte und stolperte gegen einen Stuhl, fiel hindurch – und kam mir reichlich dämlich vor.

»Schluss jetzt, Nelly Jansen«, schimpfte ich. »Reiß dich zusammen. Denk an Roman!«

Genau. Roman. Hannes' Sohn.

Darum waren mir damals bei unserer ersten Begegnung seine Augen so aufgefallen! Ich holte einmal tief Luft, stand auf und setzte mich auf den Tisch, durch den ich gerade gerutscht war. Hannes und Herr Bossels nahmen am Pult Platz.

»Eigentlich war ich immer fest davon überzeugt, dass du mal ein guter Vater werden würdest«, sagte ich.

Das Gespräch der beiden Männer drehte sich um Romans Leistungen, seine fehlende Mitarbeit und die Frage, woran das liegen könnte. Er sei schließlich nicht schüchtern und beherrschte offensichtlich den Stoff, wie man an den Klassenarbeiten und Tests sehen konnte.

Hannes sprach nüchtern, beinahe emotionslos. So kannte ich ihn gar nicht.

Ob er unglücklich war? In seiner Ehe?

Es fiel mir schwer, dieses Mädchen aus der Volksschule, an das ich mich kaum erinnern konnte, als seine Ehefrau zu begreifen. Ob er immer noch so aufbrausend war wie damals?

»Von Roman wissen wir, dass Sie mit dem Besuch unserer Schule nicht einverstanden waren.«

Die Worte von Herrn Bossels ließen mich aufhorchen.

»Ich habe meine Gründe«, sagte Hannes nur. In seiner Stimme lauerte unterschwelliger Zorn. Es war geradezu unheimlich für mich, ihn so zu erleben.

»Nun, das ist natürlich Ihre Sache. Nur können Sie vielleicht nachvollziehen, dass Ihre Einstellung Roman sehr belastet. Wir vermuten, dass er deswegen auffällig geworden ist.«

Hannes ballte die Fäuste unter der Tischplatte, blieb aber sonst unbeweglich. Möglich, dass er mit den Zähnen knirschte. »Soweit ich weiß, hat sich sein Verhalten in den letzten Wochen gebessert.«

»Das stimmt schon, nur …«

»Dann verstehe ich nicht, was Sie von mir wollen. Solange der Junge sich benimmt, möchte ich nicht mehr von Ihnen behelligt werden. Guten Tag.«

Damit stand er auf und verließ den Raum, so schnell, dass der überrumpelte Herr Bossels gar nicht dazu kam, Einwände zu erheben. Da hatte er allerdings nicht mit mir gerechnet!

»Hannes!« Mit seinem Stechschritt konnte ich locker mithalten. »Was soll denn der Quatsch? Was bist du nur für ein Vater?«

Er steuerte auf den Nebeneingang zu.

»Na warte, so nicht, Freundchen«, zischte ich, legte einen Zahn zu und schlüpfte auf die andere Seite der Glastür, die den Ausgang vom Flur trennte. Ehe Hannes heran war, mobilisierte ich all meine Kräfte, konzentrierte mich auf Arme, Hände, Beine und allgemeine Körperspannung (wenn man bei mir überhaupt von »Körper« reden konnte) und stemmte mich dagegen. Zuerst mit Stirnrunzeln, dann zunehmend wütend rüttelte Hannes an der Tür. Eisern hielt ich dagegen.

»Keine Chance! Du kommst hier nicht raus!«, schrie ich.

Endlich gab er auf. Jetzt musste er den Haupteingang nehmen. Meine Arme fühlten sich an wie Wackelpudding, als hätte ich wirklich noch Muskeln, die man überanstrengen könnte. Ich trabte hinter Hannes her.

»Wenn das Muskelkater gibt, mach ich dich fertig, dass du's weißt«, schnaufte ich.

Unter gemurmelten Flüchen lief er weiter. Er kannte den Weg zum Haupteingang, schließlich war er selbst oft mit mir zu Feten und Konzerten in der Aula gegangen. Stand damals kurz vorm Abi, als ich die Treppe runterfiel.

»Konzentrier dich Nelly, nicht abschweifen«, ermahnte ich mich.

Was nun? Die Aktion mit der Tür war spontan gewesen, ich war einfach dem Impuls gefolgt, ihn nicht aus dem Gebäude zu lassen. Nur, wie sollte ich ihn bitte dazu bringen, seine Meinung zu ändern? Briefchen schreiben würde in diesem Fall nicht funktionieren. Andererseits machte es mich wirklich wütend, dass *mein* Hannes so ein schlechter Vater für *meinen* Roman war.

»Was hast du nur gegen diese Schule?«, rief ich ihm zu.

Ich lief vor ihm her, rückwärts, damit ich ihm ins Gesicht sehen konnte. »Schön, du warst nicht selbst hier, aber das ist doch wohl egal! Früher warst du nicht so engstirnig.«

Oder … Mir kam ein furchtbarer Gedanke.

»Ist es wegen mir?«, hauchte ich. »Weil ich hier gestorben bin?«

Grüne Neune. Das hieße ja, Romans Misere wäre letztlich meine Schuld!

»Hör mal«, sagte ich. »Da konnte doch die Schule nichts dafür! Das war einzig und allein meine eigene Blödheit.«

Wenn ich ihm das doch nur sagen könnte! Fieberhaft überlegte ich. Doch ein Brief? Oder Klara um einen Ghost-Whisperer-Einsatz bitten? Wobei ich ihr das ungern zumuten wollte …

Inzwischen hatten wir den Haupteingang erreicht.

»Hannes, verdammt!«, schrie ich, am Ende meiner Weisheit.

Plötzlich blieb er stehen. Hatte er mich etwa gehört? Nein, unmöglich, er … Er sah zu Boden. Er schaute auf den Boden am Fuß *der Treppe*. Er starrte genau auf *die Stelle*.

»Wieso …?«

Jetzt rieb er sich die Augen.

Nein.

Nein, nein, nein, nein, nein!

NEIN!

Das konnte nicht sein. Das konnte absolut nicht sein! Er

konnte nicht davon wissen. Er war doch gar nicht dabei gewesen! Aber er schaute genau hin, punktgenau.

Und nun schluchzte er leise. »Nelly ...«

Schrecken durchzuckte mich wie ein Stromschlag.

»Wieso weißt du davon?« Mein Herz raste und ich atmete viel zu schnell (und es war mir so was von egal, dass das alles technisch unmöglich war!). »Wieso, Hannes? WIESO?«

Zorn aus Jahrzehnten explodierte. Es ging mit mir durch. Voller Wut fegte ich die Info-Blätter von ihrer Ablage. Hannes fuhr herum, mit schreckgeweiteten Augen starrte er auf den Blättersturm.

»SAG MIR WIESO!«, brüllte ich und haute mit der Faust gegen die Vitrine mit den Kursplänen. Ein Splitterschauer ergoss sich klirrend auf den Boden. »SAG ES MIR!«

Hannes entfuhr ein Schrei. Mit verzerrtem Gesicht und weit aufgerissenen Augen rannte er hinaus. Ich hinterher.

»HANNES!«

Ich bekam seinen Kragen zu fassen, zog an seinem Mantel, er brüllte, ich schrie – und prallte gegen die unsichtbare Wand.

»KOMM ZURÜCK!«, kreischte ich.

Als wäre der Teufel hinter ihm her, rannte Hannes blindlings auf die Straße, Autos hupten, Bremsen und Reifen quietschten, Hannes stolperte, fing sich im letzten Augenblick, rannte weiter.

Die Tür fiel vor meiner Nase zu. Ich keuchte, stand einfach nur da – in der Hand seinen Schal.

NACH(T)SCHLAG

oder: Die Dunkelheit im Flur

»Boah, krass, was ist das denn?«

»Ach du Sch…«

»Was ist denn hier passiert?«

Nach und nach drangen die aufgeregten Stimmen in mein Hirn vor. Oder in das, was davon noch übrig war. Alles klang dumpf, wie durch Watte gefiltert. Ein wahnsinniger Druck lag auf meinen Ohren. Mein Blut rauschte.

Ich drehte mich um, stolperte über meine eigenen Füße und fiel hin. Mühsam rappelte ich mich hoch, alles tat mir weh, alles war so schwer. Ohne darauf zu achten, wohin ich lief, rannte ich los, durch den Fischi-Flur und die Wendeltreppe hinauf.

»Nelly?«

Klaras Stimme. Ich rannte weiter. In mein Versteck. Dort stand ich, mitten im Raum, als Klara durch die Tür kraxelte (die ich anscheinend aufgerissen und offen gelassen hatte, so durch den Wind war ich).

»Nelly, was ist denn los? Geht's dir nicht gut?«

»Hannes«, war alles, was ich rausbrachte.

»Wer? Ach, dein Freund von damals? Was ist mit ihm?«

Ich wirbelte herum und hielt ihr seinen Schal unter die Nase. »Er war hier!«

Klara runzelte die Stirn. »Hier? Bist du sicher?«

»Natürlich bin ich sicher«, kreischte ich.

»Jetzt mal ganz ruhig. Erzähl mir, was passiert ist, schön von Anfang an, okay?«

Und das tat ich.

»Woah.«

»Das kannst du laut sagen!«

Klara saß auf meinem Sofa, ich wanderte auf und ab und knetete den Schal in meinen Händen.

»Aber du hast mir doch erzählt, er wäre nicht mit dir auf die Party gegangen, weil er fürs Abi lernen musste.«

»So war es ja auch«, rief ich, (wieder mal) den Tränen nahe. »Aber woher sollte er sonst *die Stelle* kennen? Er *muss* da gewesen sein.«

»Vielleicht hat ihm ja jemand davon erzählt«, sagte Klara, im Moment (und eigentlich sonst auch) mit mehr logischem Denkvermögen gesegnet als ich. »Oder er hat es sich zeigen lassen.«

»Hältst du das wirklich für wahrscheinlich?«, fragte ich mit gehobenen Brauen.

»Hast Recht.«

In den nächsten Minuten sagte keine von uns was, wir hingen beide unseren Gedanken nach.

Klara durchbrach die Stille. »Das heißt also, er war vermutlich da, in dieser Nacht. Vielleicht ist er später gekommen und du hast ihn nur nicht gesehen?«

»Glaub ich nicht, er hätte nach mir gesucht, um mich wieder mal nach Hause zu schicken.«

Klara schaute mich ungläubig an. »So was hat er gemacht?«

»Nicht nur einmal. Er konnte es einfach nicht haben, wenn ich allein wegging.«

»Und das hast du dir bieten lassen?«

Ein bitteres Lachen meinerseits. »Tja, schön blöd, nicht? Ich hatte ihm ja schon ein paarmal gesagt, dass das so nicht weitergeht, und er hatte geschworen, sich zu ändern.«

»Hat er aber nicht.«

»Nicht so richtig.«

»Trotzdem hast du dich nicht von ihm getrennt.«

Mein Achselzucken sprach Bände. Wie von selbst wanderte meine Hand zu meinem Hals, wo früher immer die Kette mit dem kleinen goldenen Herzanhänger gewesen war, die Hannes mir zum Dreimonatigen geschenkt hatte. Bei einem nächtlichen Lagerfeuer am Baggersee, wir beide unter einem geborgten Sonnenschirm. Der Nieselregen hatte mich damals nicht im Geringsten gestört.

Ein Seufzen ließ sich nun nicht mehr vermeiden. »Ich war ziemlich verliebt in ihn.«

Verdammt.

Verdammt, verdammt, verdammt!

»Nun ja.« Klara nahm den Faden wieder auf. »Wenn er nicht auf der Party aufgetaucht ist, dann hat er dich vielleicht draußen abpassen wollen und kam erst dazu, als du …«

Das erschien mir schon wahrscheinlicher. Ich sank auf meinen Bücherstapel.

»Die Frage ist, wie wir das beweisen wollen. Hannes selbst werden wir kaum fragen können«, meinte Klara.

»Vor allem nicht nach meiner kleinen Furien-Aktion eben«, fügte ich an und fuhr mir durchs Haar.

»Ich hab ne Idee«, sagte Klara plötzlich.

»Schieß los.«

»Wir rekonstruieren den Unfall. Vor der Aula fangen wir an und gehen den Abend Schritt für Schritt durch. Das könnte deinen Erinnerungen auf die Sprünge helfen.«

»Hmmm …«

»Allerdings wird das sicher nicht so einfach für dich.«

Damit hatte sie nicht ganz Unrecht, um es mal milde auszudrücken. Mit anderen, treffenderen Worten: Allein der Gedanke, das alles wieder zu durchleben, machte mir verflucht viel Angst. Doch ich fasste mir ein Herz. »Machen wir's.«

»Wirklich?«

»Ja, ich will das jetzt wissen. Unbedingt. Und wenn ich mich dafür diesen *unerfreulichen* Erinnerungen stellen muss, dann soll es eben so sein. Schicksal.«

»Okay«, meinte Klara. »Eventuell finden wir so auch einen Weg, Roman zu helfen. Natürlich nur, falls du das noch willst.«

»Keine Frage. Der Kleine kann schließlich nichts dafür.«

»Dann würde ich vorschlagen, ich komme am Samstag vorbei. So haben wir genug Zeit und keiner stört uns.«

»Ist gut. Zuschauer will ich dabei nämlich nicht haben.«

Die Verabredung stand. Es sollte eine lange Woche werden. Denn in dieser Nacht ging es los.

Stundenlang lief ich durch die Schule, dachte nach, redete laut mit mir selbst, fand keine Antworten (wie auch?). Zum Mäusemelken. Am Haupteingang blitzte was im grellen Mondlicht. Ich bückte mich und hob eine Scherbe auf. Die hatten sie wohl vergessen. Ich linste zu der zerdepperten Vitrine. Sogar die Polizei war heute Mittag da gewesen. Verdacht auf Vandalismus. Nur Verdächtige gab es keine.

»Ich muss mir echt was einfallen lassen, um das wieder gut zu machen«, sagte ich und strich mit dem Finger über die scharfen Glaskanten.

Da bemerkte ich eine Bewegung knapp außerhalb meines Sichtfelds. Ich fuhr herum.

»Was war das?«

Kurz davor, »Hallo?« zu rufen (sehr sinnvoll), machte ich ein paar Schritte in die Richtung, in der ich glaubte, was gesehen zu haben. Durch die hohen Fenster an *der Treppe* fiel das Mondlicht genau auf *die Stelle*. Ein kalter Schauer lief mir über den Rücken. Normalerweise vermied ich es komplett, dahin zu gucken.

»Ganz ruhig, Nelly, war bestimmt nur eine Wolke.« Zur Beruhigung tätschelte ich mir selbst die Schulter. Und wollte mich wieder umdrehen.

Genau, wollte. Denn im selben Moment, in dem ich mich wegdrehte, sah ich es wieder. Es lauerte in den Schatten, die außerhalb der blendenden Mondstrahlen besonders dunkel waren.

Es. Oder besser: sie. Die Dunkelheit.

Da, wo die Schatten am tiefsten waren, waberte eine pechschwarze Finsternis. Das war nicht einfach ein Streich, den die Augen einem bei solchen Lichtverhältnissen schon mal spielen. Nein, denn Augen im eigentlichen Sinne, die so getäuscht werden konnten, besaß ich ja gar nicht. Das da war anders.

Die Dunkelheit brodelte, wogte, sie – lebte. Jetzt spürte ich auch die eisige Kälte, die sie verströmte. Und – nach so vielen Nächten allein in einer riesigen Schule – der eindeutigste Beweis, dass das da real war und keine Einbildung: Ich fürchtete mich. Ernsthaft.

Ich strauchelte rückwärts, behielt das Wabern im Auge. Die Dunkelheit folgte mir.

Sie. Folgte. Mir.

Mitten durch das Mondlicht wallte sie wie schwerer, schmieriger Qualm. Mein Herz zog sich zusammen.

»Nein«, stammelte ich mit trockenem Mund. »Nein, bleib weg von mir! Bleib weg!«

Die Dunkelheit folgte mir weiter. Und sie wuchs. Ich drehte mich um und rannte. Durch den Flur zum Sekretariat, die Treppen rauf, am Lehrerzimmer vorbei und wieder runter in die Pausenhalle. Die ganze Zeit schaute ich nicht zurück. Aber ich spürte die Kälte im Nacken. Vermutlich hätte ich auch um Hilfe gerufen, wenn es was genutzt hätte. Aber ich war allein. Niemand konnte mich hören. Die einzige Ausnahme war meilenweit weg. Niemand würde mir helfen.

In der Pausenhalle hielt ich mich gar nicht erst mit den Sitzstufen auf, sondern sprang direkt von der Balustrade runter auf die Litfaßsäule. Hier schaute ich zurück. Schwerer Fehler.

Wie ein formloses, vielarmiges Tier, wie eine gigantische Amöbe presste sich die Dunkelheit aus dem Gang, durch den ich eben gekommen war. Ich schnappte nach Luft. Mit dem nächsten Satz katapultierte ich mich senkrecht nach oben, auf die Flure der Oberstufe. Hetzte in den hintersten Klassenraum, versteckte mich unter dem Pult und zog fest die Beine an.

»Was ist das nur, was ist das nur?«, wisperte ich und fing an zu zittern.

Es dauerte nicht lange. Ich spürte die Kälte, ehe ich sie sah. Die Dunkelheit waberte unter der Tür hindurch. Ich schrie auf, sprang durch das Pult, von einem Raum in den nächsten, durch die Treppe, bis ich im Medienraum anlangte. Hier versteckte ich mich (sehr einfallsreich) im Schrank. Zu meiner Verteidigung: Klar denken war mir nicht mehr möglich. Meine Angst war einfach zu groß.

»Hilfe«, wimmerte ich, klein und erbärmlich, »Klara, bitte hilf mir!«

Als die Kälte mich wieder einholte, begann ich haltlos zu schluchzen.

MEINE ERSTE PYJAMAPARTY

oder: Warum ich die Treppe runtergefallen war – new version

Am nächsten Morgen fand Klara mich als heulendes Elend in meinem Versteck vor. Bis sie aus mir rausgebracht hatte, was überhaupt los war, verging geraume Zeit.

»Und es war weg, sobald es draußen hell wurde?«, fragte sie und legte mir noch ein Kissen unter den Kopf (die Kissen hatte sie mir zu Weihnachten geschenkt, quietschbunt und ganz flauschig).

»Jaaa«, antwortete ich mit zittriger Stimme, immer noch mit den Nerven völlig am Ende. Die ganze Nacht lang war ich vor der Dunkelheit geflohen, hatte mich an allen möglichen Orten versteckt. »Sie hat mich überall gefunden, es war so schrecklich …«

Klara tätschelte behutsam meine Hand.

»Aber durch die Wände konnte sie nicht? Nur durch die Ritzen zwischen den Türen und so?«

»*Nur* ist gut …«

»Ja, schon klar. Auf jeden Fall ist es wohl kein, ähm, entschuldige, Geist wie du, oder?«

Schniefend setzte ich mich auf. Daran hatte ich noch gar nicht gedacht. »Nein.«

»Okay. Was könnte es sonst sein?«

»Weiß nicht.«

Klara lehnte sich zurück und überlegte. »Mir fällt jetzt so spontan auch kein anderes übersinnliches Phänomen ein, das sich so äußert. Ich schlag das auf jeden Fall noch nach, aber nehmen wir mal an, dass es nichts dergleichen ist. Schließlich hast du in der ganzen Zeit hier nie irgendwas Übernatürliches außer dir selbst gesehen, oder?«

»Nein«, bestätigte ich. So langsam funktionierte mein Denkapparat wieder.

»Also, wenn es nichts Übersinnliches ist, dann kann es eigentlich nur eins sein.«

»Was?«

»Ein Albtraum.«

Höh?

Ich starrte sie an. »Ein Albtraum? Aber ich schlafe doch nie, das weißt du.«

»Eben darum kam es dir auch so real vor. Weil du nicht schläfst, projizierst du sozusagen einen Traum nach außen, so dass du ihn direkt erlebst.«

Das fand ich nun alles andere als plausibel. »Also, Klara, ich halte dich wirklich für sehr intelligent, aber ich hab nicht einmal ein Gehirn, das solchen Quatsch hervorbringen könnte.«

»Hör mir einfach zu und lass mich erklären. Also, obwohl du kein Gehirn im physischen Sinn hast, kannst du tagträumen.«

»Das tu ich doch bewusst!«

Geduldig fuhr sie fort: »Schon klar, trotzdem bist du dann manchmal ganz abwesend. Und wenn du bewusst träumen kannst, geht das mit Sicherheit auch unterbewusst. Denkst du nicht?«

»Woher soll ich das wissen?«, platzte ich heraus. »Seit ich hier festsitze, erlebe ich *alles* bewusst!«

»Es gibt keine Menschen ohne Unterbewusstsein, man braucht das. Wenn einem ständig alles bewusst wäre, würde man nur verrückt.«

O nein.

»Was ist, wenn mir genau das gerade passiert? Wenn ich verrückt werde?«

Klara winkte ab und schüttelte den Kopf. »Ach Quatsch, du bist mehr als dreißig Jahre nicht verrückt geworden, obwohl du ganz alleine warst, warum also ausgerechnet jetzt?«

»Keine Ahnung. Vielleicht wegen der Sache mit Hannes?« Am Rande der Hysterie rang ich die Hände.

»Genau das ist vermutlich der Auslöser für diesen Albtraum. Überleg doch mal: Ein unbekanntes, dunkles Etwas oder eine finstere Person verfolgt dich, du rennst weg, wirst aber überall gefunden. Ganz klassisches Schema.«

»Hm.« Das stimmte schon. »Und, was mach ich jetzt? Wie sorg ich dafür, dass das nicht noch mal vorkommt?« Mir schauderte.

Klara zeigte zur Decke, auf meine funzelige Glühbirne. »Zum Beispiel könntest du hier das Licht anlassen. Du sitzt doch oft im Dunkeln, wenn ich nicht da bin. Außerdem kann man sich auch antrainieren, Albträumen eine andere Wendung zu geben. Dazu muss man sich im Wachzustand den Albtraum vorstellen und dann ein anderes Ende erfinden. Das muss man immer wiederholen, damit es ins Unterbewusstsein einsickert.«

»Woher hast du *das* denn?«

Klara zuckte die Achseln. »Gelesen.«

War ja klar.

Da mir nichts Besseres einfiel, versuchte ich es mit Klaras Theorie und ihrer »Visualisierungsmethode«. Den lieben langen Tag hockte ich in den wuselnden, herrlich lauten Klassenräumen und dem beruhigend normalen Unterricht auf der Fensterbank und visualisierte fleißig vor mich hin. Auch wenn es gruselig war, sich die Dunkelheit immer wieder vorzustellen, wo ich am frühen Morgen doch so erleichtert gewesen war.

Am Nachmittag blieb Klara bei mir, bis die Schule abgeschlossen wurde. Danach hielt ich mich an die Putzfrauen.

Zuletzt guckte ich mit dem Hausmeister noch in seinem Kabuff Fußball (Länderspiel Deutschland – Japan. Fragte mich ernsthaft, wen Klara anfeuern würde).

Tja, und dann war ich wieder allein. Zum ersten Mal seit dreißig Jahren hatte ich Angst davor. Klaras Rat befolgend verkroch ich mich in mein Versteck, dichtete die Stahltür ordentlich mit Klopapier ab und ließ das Licht brennen. Machte Musik an (*Bee Gees, Beach Boys, The Carpenters*, alle meine Lieblinge). Versuchte krampfhaft mich zu beschäftigen (Lesen, Puzzlen, Stricken, Origami – von Klara gelernt).

Das Wichtigste in Kürze: nichts half. Die nächsten Nächte waren die Hölle. Am Freitag war aus mir, in netten Worten umschrieben, ein nervliches Wrack geworden.

»Was ist das nur? Was hab ich denn bloß getan, um so was zu verdienen?«, jammerte ich Klara die Ohren voll.

»Nichts, Nelly, das ist nicht deine Schuld. Wirst sehen, wenn wir die Sache mit Hannes erst aufgeklärt haben, hören die Albträume ganz bestimmt auf.«

»Hoffentlich.«

Nach vier Nächten Jump'n'Run sah es mit meinem Vorrat an Hoffnung nicht gerade berauschend aus. Klara schaute mich durchdringend an.

»Was?«, fragte ich kläglich. »Sehe ich so schlimm aus, wie ich mich fühle?«

»Unsinn. Hab nur überlegt.« Sie tippte sich mit dem Zeigefinger ans Kinn. »Was wäre denn, wenn ich übers Wochenende zu dir komme? Meinst du, das würde helfen?«

»Du willst hier übernachten? Im Ernst jetzt?«

Sie nickte. »Nur, wenn dir das recht ist, natürlich …«

»Spinnst du?« Ich sprang auf. »Das wäre super! Dann brauche ich keine Angst mehr zu haben.«

»Gut, dann gehe ich schnell nach Hause und pack meine Sachen. Meiner Mutter sage ich einfach, ich würde bei Elena übernachten, weil wir für die Schülerzeitung unbedingt was fertig kriegen müssten.«

»Ach, Klara, du bist ein Schatz!«

Und das war sie wirklich. Hatte jemals jemand eine Freundin gehabt, die freiwillig auf harten Sportmatten pennt, freiwillig die Duschen der schuleigenen Sporthalle benutzt und freiwillig ihrer halb-durchgeknallten und nicht mehr ganz lebensechten Quasi-Gymnasiastin die ganze Nacht lang das Händchen hält? Konnte ich mir nicht vorstellen. Klara war absolut einmalig.

»Das kann ich alles nie wieder gutmachen«, stöhnte ich.

Klara ließ ihr Butterbrot sinken. »Nun mach mal halblang, ist doch nichts dabei.«

Es war Samstagmittag. Eine Nacht ohne Dunkelheit (jedenfalls ohne unnormale Dunkelheit) lag hinter uns. Klara hatte die ganze Zeit dafür gesorgt, dass ich beschäftigt war. Auf dem Programm standen neben Geschichten aus ihrer und meiner Kindheit (auf einem Campingplatz verloren gegangen waren wir beide mal), verschiedene Brettspiele (wir schafften sogar eine ganze Partie Monopoly) und Filme (Japanisch mit Untertiteln – als Konzentrationsübung und Ablenkung erwiesenermaßen unschlagbar).

Sobald es hell wurde, hatte sie sich zum Schlafen hingehauen. Derweil war ich auf meinem üblichen Kontrollgang durch das Gebäude gewesen und hatte nach den Fischis gesehen.

Nun saßen wir bei Käsebroten und frischem Tee in der Küche vom Lehrerzimmer (wie gesagt, Schlösserknacken: kein Problem!).

»Lass uns lieber mal überlegen, wie wir deinen Unfall am besten nachstellen«, nuschelte Klara an ihrem Bissen Brot vorbei.

»Okay. Wir bräuchten die richtige Stimmung. Also, dieselben Klamotten und dieselbe Musik zum Beispiel.«

»Kannst du dich denn daran noch erinnern?«

»Natürlich! Getragen habe ich das hier–« Kurze Konzentration und mein Outfit glänzte original wie 1977. Dunkelviolette Pumphosen mit einem fliederfarbenen langärmligen Shirt, das am Kragen zusammengebunden wurde, dazu dunkelbraune Lederstiefel.

»Oh, là, là«, rutschte es Klara heraus.

»Trés chique, non?« Ich sonnte mich in nicht vorhandener Bewunderung und meine liebe Freundin kicherte so sehr, dass sie sich beinahe verschluckte.

Nach dem Essen bereiteten wir alles vor. Wir schleppten mein altes Kofferradio zur Aula (und suchten eine halbe Ewigkeit nach einer Steckdose), schlossen Klaras Discman an und warfen eine Scheibe ein, die Klara noch schnell in der Stadt besorgt hatte (»1977 – die Super-Charts« – denen fällt auch nichts anderes ein, was?).

»Okay!« Voller Tatendrang (na ja) klatschte ich in die Hände. »Dann legen wir mal los.« Die Uhrzeit stimmte zwar nicht, auf diesen Teil an Authentizität mussten wir aus bekannten Gründen leider verzichten. Immerhin passte die Jahreszeit: Frühling, Ende März, kurz vorm letzten Schultag der Abschlussklasse.

»Stellen wir uns also vor, es war Abend und in der Aula war die Fete in vollem Gange.«

Ich gab Klara ein Zeichen, sie schaltete das Radio ein und suchte auf der CD nach dem einen Lied, das ich seitdem nie wieder gehört hatte. »More than a feeling« von *Boston*. Als die ersten Töne erklangen, lief mir ein Schauder den Rücken runter. Ganz ruhig, Nelly, du schaffst das!

»Du kamst aus der Aula«, setzte Klara an.

Auf ihren Wink hin bezog ich Position an der hohen zweiflügeligen Holztür. Ich überprüfte noch mal meine Frisur (hochgesteckt wie Audrey Hepburn in »Frühstück bei Tiffany«) und atmete tief ein und aus. Augen zu und durch.

»Ich kam aus der Tür«, wiederholte ich Klaras Worte. »Und ging zur Treppe.«

Mit vorsichtigen Schritten setzte ich das Gesagte um.

»War jemand bei dir?«, fragte Klara von der Seite.

»Nein. Aber da waren Leute, am Geländer, im Flur und so.«

»Was taten sie?«

Ich funkelte Klara an. »Was wohl? Quatschen, trinken und rumknutschen.«

»Sorry, schon klar. Hast du mit einem von denen gesprochen?«

»Nein. Bin direkt runtergegangen.«

»Okay.«

Stufe um Stufe stiegen wir die Treppe runter.

»Geht's?«, erkundigte Klara sich besorgt.

Stumm nickte ich.

»Wir können jederzeit abbrechen.«

Das entlockte mir ein kleines Lächeln. Der Gedanke war ganz schön verführerisch, aber da musste ich jetzt durch. Wie damals hielt ich mich am Geländer fest und setzte langsam einen Fuß vor den anderen. Hinter uns dröhnte laut die Musik, vibrierte in meinem Magen. Himmel, war ich nervös. Endlich erreichten wir den Kunstsaal eine Etage tiefer.

»Bis hierhin bist du also definitiv gekommen?«

»Ja, das weiß ich noch ganz genau. Vor dem Kunstsaal stand so ein komisches buntes Ding, das hab ich sogar in meinem benebelten Zustand mitbekommen.«

»Okay … Und hier«, Klara zeigte um sich, »war hier jemand?«

Ich dachte scharf nach. Verschwommene, düstere Bilder simmerten in meinem Kopf. Schwarze Flure, das bunte Ding, Schatten und fahles Sternenlicht. Angestrengt drehte ich quasi das Gas höher, versuchte den Fokus stärker einzustellen.

»Kann mich nicht genau erinnern. Glaub nicht.«

»Na gut, gehen wir davon aus, dass das stimmt. Weiter?« Klara stand an *der Treppe*.

Meine Knie zitterten, als ich neben sie trat.

»Komm, alles ist gut, dir kann nichts passieren.« Sie nahm meine Hand.

Mensch, war ich froh, dass sie da war!

»Du bist also weitergegangen.«

Mein Blick wanderte *die Treppe* hinunter. Mir schwindelte.

»Nein …«

»Nein?«

Die Bilder überlagerten sich. Erinnerung und Realität verschmolzen auf einmal.

Meine Stimme schien von weit her zu kommen. »Ich bin stehengeblieben.«

»Warum?« Klara sprach jetzt ganz leise.

»Jemand kam die Treppe rauf.«

»Wer?«

Der Jemand war jetzt ganz nah.

»Hannes.«

Er stand eine Stufe unter mir. So waren wir auf Augenhöhe.

»Was wollte er?«, fragte Klara.

Sätze taumelten durch meinen Kopf, gemischt mit Wortfetzen und Namen.

»Du kannst es einfach nicht lassen!«

»Er hat mir vorgeworfen, dass ich allein zu der Fete gegangen bin, während er lernen musste. Dabei würde er das doch auch für mich tun, damit er mir später was bieten könnte.«

»War er wütend?«

»Ich will nicht, dass du so spät allein unterwegs bist! Du könntest mir wenigstens Bescheid sagen, damit ich weiß, wo du hingehst!«

Ich kniff die Augen zusammen. »Du spinnst wohl! Ich kann tun, was ich will, ich bin dir doch keine Rechenschaft schuldig.«

»Nelly!«

»Ach so? Das denkst du also! Los, du kommst jetzt mit, sofort!«

Hannes packte mich an den Schultern, ich wehrte mich, drückte ihn zur Seite und – verlor das Gleichgewicht. Mein Schrei versank unter dem rockigen Refrain von »More than a feeling«. Die Stufen rasten mir entgegen, die Welt kippte, ein lauter Knall und dann war alles still.

Dunkelheit. Eiskalte Dunkelheit.

»Nelly! Nelly! Ist doch gut, wir sind hier, alles ist gut.«

Ich blinzelte, den Kopf in meinen Händen fest umklammert. Sonnenlicht fiel durch die Fenster. Ich hockte zusammengekauert auf der obersten Stufe am Geländer. Neben mir kniete Klara und musterte mich mit einer tiefen Sorgenfalte auf der Stirn.

»Bist du wieder da?«

Mehr als ein mattes Nicken brachte ich nicht zu Stande.

»Was hast du gesehen? Hat Hannes dich …?«

Mühsam schluckte ich. »Er hat mich umgebracht.«

RILKE-ROCK MIT ZUGABE

oder: Überraschungen aller Art (mit und ohne mein Zutun)

»Also für mich klingt das mehr wie ein Unfall.«

Bitter starrte ich aus dem Fenster. »Mag sein. Aber wenn er nicht gekommen wäre, um wieder mit mir zu streiten, dann …«

Würde ich noch leben. *Richtig* leben.

Klara umklammerte ihre Tasse. Wir saßen wieder in der Küche des Lehrerzimmers. Sie hatte uns beiden Tee gekocht. Für mich blieb wieder mal nur der Duft. Sonst nichts. Nichts und wieder nichts.

»Ich versteh dich ja«, sagte sie leise. »Nur, was hast du davon, wenn du jetzt plötzlich ihm die Schuld gibst? Fühlst du dich dadurch besser?«

»Ja, verdammt noch mal!«, wollte ich schreien. Bloß stimmte das nicht. Ich ließ die Schultern hängen. »Nein.«

Vor meinen Augen blitzten immer wieder all diese furchtbaren Bilder auf. Hannes' wutverzerrtes Gesicht. Die Treppe, die so rasend schnell näher kam. Die Dunkelheit.

»Vielleicht solltest du dich mit ihm treffen und mit ihm reden«, schlug Klara vor.

»Wie denn?«, schnaubte ich. »Mit dir als Ghost Whisperer? Nein danke.«

»Ich weiß, hört sich blöd an. Es könnte aber helfen – euch beiden. Möglicherweise bist du genau deswegen noch hier, um dich mit ihm auszusprechen.«

»Und anschließend schwebe ich Harfe spielend auf einem Wölkchen in ein helles weißes Licht? Kein Bedarf.« Ich setzte mich zu ihr, plötzlich unheimlich müde. »Lass mal gut sein, Klara. Alles, was ich wollte, war Gewissheit. Und die habe ich jetzt. Die Albträume werden hoffentlich aufhören und dann ist wieder alles beim Alten.«

»Du kannst es dir ja noch überlegen.« Das Mädel konnte manchmal richtig hartnäckig sein.

»Muss ich nicht«, erwiderte ich mit einem Lächeln. »Komm schon, mach nicht so ein Gesicht. Was sagen deine Japaner immer? Nach vorne schauen! Also halten wir uns daran und freuen uns auf den Rilke-Rock.«

Klaras Gesicht verlor seinen skeptischen Ausdruck nicht, doch sie merkte wohl, dass ich das Thema nicht weiter breittreten wollte. »Auf den Rilke-Rock? Wieso das denn?«

Meine Faust streckte sich zum Himmel. »Fete! Das einzige Mal im Jahr, wo ich ordentlich abtanzen kann! Wirst sehen, das wird toll. Wir donnern uns so richtig auf und rocken tüchtig die Schule.«

Klara verzog das Gesicht. »Eigentlich wollte ich gar nicht hingehen.«

Aber das stand natürlich außer Frage, der traditionelle Rilke-Rock war für die Unter- und Mittelstufe schließlich das Highlight des Jahres. Grillen auf dem Schulhof und dann die halbe Nacht feiern, so was durfte man sich nicht entgehen lassen! Was ich ihr auch sagte – mit dem gebotenen Nachdruck natürlich.

Ächzend lehnte sie sich zurück. O weh, hatte ich es wieder übertrieben?

»Tut mir leid, Klara«, fuhr ich sanfter fort. »Ich mach mir nur Sorgen, dass du es später bereust. Denk dran, was ich dir gesagt hab. Man muss das Leben genießen, solange man die Chance dazu hat. Vertrau einer Expertin.«

Mein hochgerecktes Aristokratenkinn brachte sie zum Lächeln. Ihr Widerstand bröckelte.

»Und wenn es dir zu viel wird, versteckst du dich einfach bei mir. Was meinst du?«

Sie seufzte ergeben. »Okay, versuchen kann man's ja mal.«

»Sehr schön! Nebenbei hättest du dann die einmalige Gelegenheit, mit Ben zu tanzen.«

Ihre Augen wurden groß. »Hörst du wohl endlich auf damit!«

Sie schmiss eine Serviette nach mir, der ich gekonnt auswich.

»Wohl kein Zielwasser getrunken«, flötete ich.

»Na warte!« Sie zerknüllte eine weitere Serviette, sprang auf und jagte mich um den Tisch, durch die Küche und rüber ins Lehrerzimmer.

Die Albträume plagten mich von dem Tag an nie wieder. Gegen Ende der Woche traute ich mich, wie vorher nachts durch die Schule zu wandern und vom Dach aus die Sterne zu beobachten. Rechtzeitig zum Rilke-Rock!

»Ich will nicht.« Klara machte eine Miene wie zehn Tage Regenwetter.

Es war Freitag, der letzte Schultag vor den Osterferien.

»Abknicken gilt nicht«, rief ich und probierte das nächste Top an. »Was hältst du davon?«

Aus den Augenwinkeln taxierte Klara meinen goldenen Flitterfummel. »Zu weihnachtlich.«

»Häh? Nur weil ich an Weihnachten das Charleston-Kleid anhatte? Tss, bist du pingelig.«

Flugs wechselte ich in das nächste Oberteil. »Wie ist das?«

Ihre Augen wurden schmal. »Ernsthaft?«

»Wieso nicht?«

Ich guckte an mir runter, auf ein großes Herz mit schön vielen pinken Fransen. Unverständlich, dieser fehlende Geschmack. Kopfschüttelnd schlüpfte ich in das x-te Teil an diesem Morgen. Schräg geschnitten, schwarz, mit hellen Silberapplikationen.

»Na?«

Klara legte den Kopf schräg. »Das gefällt mir.«

»Endlich«, seufzte ich und rang die Hände zum Himmel.

Dazu entschied ich mich – gegen Klaras Willen – für butterblumengelbe Hotpants und weiße Overknee-Stiefel.

»Mutig«, war alles, was Klara dazu sagte.

Ich strahlte wie ein Honigkuchenpferd.

Ihr Outfit hatten wir schon am Sonntag (ausgiebigst) diskutiert: Schwarze Jeans, Stiefel, enger grüner Pulli (ihre Lieblingsfarbe, darin fühlte sie sich am wohlsten) mit U-Boot-Ausschnitt. Der brachte ihre schmalen Schultern so schön zur Geltung. Eingehend musterte ich sie. Make-up: okay. Haare: bestens. Nur …

»Mensch, Mädel, jetzt mach doch mal ein anderes Gesicht! Du siehst aus wie ein Lamm, das zur Schlachtbank geführt wird.«

Ui, böser Blick.

»Kommt hin«, brummte sie.

»Keine Sorge, wird sicher lustig. Und wenn nicht, tauchst du eben hier ab.«

»Hm.«

»Ich bin ja auch noch da und passe auf, dass es nicht zu wild zugeht. Mach ich immer so. Lass es einfach auf dich zukommen.« Ich gab ihr einen Nasenstüber. »Nicht so viel grübeln!«

Sie rieb sich die Nase und rang sich ein Lächeln ab. »Werd' mir Mühe geben.«

»Das ist die richtige Einstellung!«

Angesichts dieser Startschwierigkeiten hätte es nicht überraschen sollen, wenn der Abend für Klara in eine mittlere Katastrophe ausgeartet wäre. Aber sie hielt Wort und strengte sich an. Vom Fenster in einem der oberen Klassenräume beobachtete ich gegen Abend das kleine Grillfest, das die Unter- und Mittelstufler auf dem Schulhof feierten. Zum Glück war es nicht so kalt wie letztes Jahr. Tapfer hielt Klara sich an Daniel und Elena, sprach zwischendurch auch schon mal mit ein paar anderen und machte insgesamt einen relativ fröhlichen Eindruck.

Bei Einsetzen der Dämmerung folgte dann der Umzug in die Pausenhalle – und die Fete konnte steigen! Okay, unter Aufsicht einiger (unerschrockener) Lehrer. Aber die hielten sich an diesem Abend bekanntermaßen sehr zurück, demonstrierten eine bei ihrem Berufsstand ungeahnte Lässigkeit und ließen auch mal fünfe gerade sein.

Perfekte Bedingungen also!

Mit Schwung sauste ich runter in die Pausenhalle und mischte mich unters Volk (mit Vorsicht, natürlich). Ein paar der Jungs hatten eine beeindruckende Musikanlage aufgebaut, aus denen jetzt die ersten tanzbaren Lieder durch die Schule dröhnten. Die Menge jubelte.

Während Klara half, noch schnell Dutzende von Chipstüten aufzumachen und auf Schalen zu verteilen, vergnügte ich mich auf der Tanzfläche. Miri und Jo (die längst wieder zusammen waren) klebten wie zwei Kletten aneinander, Tina und Mark dagegen würdigten sich keines Blickes (hatte nicht lange gehalten, Tina war mir doch recht ähnlich, wie ich mal wieder feststellen musste).

Tja, und Ben? Der tanzte mit so ziemlich jedem Mädel genau einmal. Allerdings fiel mir auf, dass seine Augen mehr als einmal zu den Chips-Leuten auf den Sitzstufen wanderten. Hoho. Ob sich da heute Abend eventuell doch noch was anbahnen würde? Ben würde schon die Initiative ergreifen müssen. Eigentlich wollte ich mich ja nicht mehr einmischen …

Schnell wog ich die Möglichkeiten ab. Ben kam mir zuvor. Beim nächsten Lied ging er tatsächlich zu Klara und forderte sie auf.

Wie der Blitz stand ich neben ihr. »Sag ja, um Himmels willen!«

Für einen Moment wirkte Klara unentschlossen. Dann jedoch schüttelte sie den Kopf. »Tut mir leid, ich tanze nicht so gern.«

»Klara, nur einen Tanz, komm schon, bitte«, beschwor ich sie.

Ben nahm es leicht. »Okay, dann helfe ich dir.«

Sprach's, setzte sich neben sie und schnappte sich eine Chipstüte. Klara lachte überrascht. Und mir blieb der Mund offen stehen.

»Also, Mädel, den musst du dir echt warmhalten! Solche Männer gibt's nicht so oft.«

Wegen der lauten Musik mussten sie zum Reden die Köpfe zusammenstecken. Auch gut. Vielleicht sogar besser!

Ich beschloss, mich da rauszuhalten. »Ich geh dann mal wieder tanzen, ja?« Klara nickte mir unmerklich zu und ich hüpfte vergnügt von dannen.

Gegen neun war die Tanzfläche picke-packe-voll und die Stimmung tip-top. Nun hieß es aufpassen. Damit niemandem was Schlimmes passierte (á la moi zum Beispiel) behielt ich diejenigen im Auge, bei denen das Chaos vorprogrammiert war.

Irgendwann stand plötzlich Klara neben mir. »Hey.«

»Hoppla, Klara, hab dich gar nicht bemerkt.« Mein Strahlen verschwand, sobald ich ihren Blick registrierte. »Genug?«

Mit zusammengepressten Lippen nickte sie.

»Dann komm, ich geh eben mit.«

Bald ließen wir die Partymeute hinter uns. Auf dem Kunst-Flur summte der Lärm nur noch wie ein entferntes Rauschen aus Stimmen und Musik.

Klara atmete auf. »Puh, das wurde mir jetzt echt zu laut da.«

»Und zu wild, hm?« Das Unbehagen in ihren Augen sprach Bände.

»Partys sind eben nichts für mich«, seufzte sie. »Wusste ich schon immer.«

»Aber auf jeden Fall hast du es mal versucht, das ist die Hauptsache. Und ein bisschen Spaß hat es doch auch gemacht, oder?«

»Schon.« Sie zog die Schultern hoch und schlang die Arme um den Körper. Ja, es war kälter geworden.

»Na, komm.« Ich rieb ihr den Rücken (mehr symbolisch, da ich ja keine echte Wärme zu geben hatte). »Gleich sind wir da, dann kannst du es dir gemütlich machen.«

Gemeinsam stiegen wir die Wendeltreppe rauf. Als wir auf der Kurve zu meinem Versteck angelangt waren, rief plötzlich jemand Klaras Namen. Überrascht sahen wir nach unten. Ben!

»Was ist?«, rief Klara ihm zu.

Unser Lieblings-Charmebolzen lehnte sich übers Geländer. »Wo gehst du denn hin?«

»Nach oben«, antwortete sie wahrheitsgemäß.

»Warte, ich komm mit.«

Ehe sie ihm widersprechen konnte, war er schon zu uns hochgespurtet.

»Wollen wir gucken, ob die Tür zum Balkon aufgeht?«, fragte er gut gelaunt wie immer, außerdem kein bisschen außer Atem (Quasi-Profisportler, der er nun mal war). Sie zögerte. Das war's dann wohl mit ihrer Ruhe.

Ich gab ihr einen Ellbogenstüber. »Sag ja! Ich kümmere mich um die Tür.«

Schließlich gab sie Bens Charme und meinem Zureden nach. Während die beiden plaudernd die Treppe hochstiegen, sprang ich voraus und öffnete das Schloss der Balkontür (featuring my magic fingers!).

»Guck mal, es ist offen«, sagte Ben, als er die Klinke mühelos runterdrücken konnte.

Klara gab sich ebenfalls erstaunt, grinste mir aber in einem unbeobachteten Moment zu. Ich streckte beide Daumen hoch. Galant hielt Ben ihr die Tür auf, Klara knickste formvollendet und die beiden traten nach draußen, in eine sternenklare Nacht.

»Wahnsinn!«, hauchte Klara, den Kopf in den Nacken gelegt.

Sie gingen bis zum Geländer, von wo sie beinahe das gesamte Schulgelände überblicken konnten. Langsam kam ich hinterher.

»Kaum zu glauben, dass der Abend schon fast rum ist, wo wir uns so lange drauf gefreut haben«, sagte Ben.

»Ja, ist schon komisch.« Klara stützte die Ellbogen auf das Geländer (wobei *sie* sich ja nun wenig bis gar nicht auf heute gefreut hatte, aber gut). »Hast du dich jetzt eigentlich wegen der Ferien entschieden?«

Ach ja! Unsere Sportskanone überlegte seit einer Weile, nicht mit seinen Eltern in Urlaub zu fahren, sondern eine Einladung zu einem Trainingscamp für Schwimmer anzunehmen.

»Hab ich. Sportcamp statt Santorin.«

»Das passt!«, sagte ich.

»Cool«, nickte Klara. »Passt zu dir.«

Er schenkte ihr sein Sonnyboylächeln. Dann runzelte er plötzlich die Stirn. »Ist dir eigentlich kalt?«

Nur ich konnte bei diesem fahlen Licht erkennen, dass ihre Lippen inzwischen blau angelaufen waren. Tat natürlich nichts zur Sache. Obwohl Klara fleißig den Kopf schüttelte, zog Ben seine Jacke aus und hängte sie ihr um die Schultern.

»Besser?«

»Danke.«

Sie lächelten sich an. Aus der Ferne tönte die Musik. Über uns leuchteten die Sterne …

»Okaaay, das war mein Stichwort! Ich mach mich dann mal vom Acker.«

Klara riss die Augen auf.

»Was ist?«, fragte Ben und guckte sich um.

»Ähh … nichts, schon gut.«

»Keine Sorge, tu einfach das, was ich tun würde.« Ich lachte und winkte ihr zu. »War nur ein Witz! Falls du mich suchst, ich bin unten bei den anderen. *Ganbatte, ne*?«

Bester Dinge tänzelte ich durch die Flure, zurück zu der Fete. »Es geschehen noch Zeichen und Wunder«, murmelte ich und freute mich ganz allgemein des Lebens.

Ziemlich abseits der Tanzfläche lehnte jemand an einer der Säulen beim Haupteingang. Oje, der nächste Abknicker? Von hinten konnte ich nicht erkennen, wer es war.

»Na, braucht da jemand ein wenig Fürsorge?«, fragte ich und hüpfte auf die andere Seite der Säule. Fast hätte ich laut aufgeschrien. Denn es war kein Schüler.

Es war Hannes.

DIE SCHWÄRZESTE NACHT

oder: Warum ich die Treppe runtergefallen war – final version

»Hannes«, krächzte ich.

Er lehnte an der Säule, das Gesicht in den Händen verborgen.

Mein Kopf war leer. Ich wusste nicht, was ich denken sollte. Oder fühlen.

»Wie bist du denn hier reingekommen?«, war das Erste, was mir (sinnvollerweise) einfiel.

Keine Antwort, natürlich. Stattdessen versuchte er ein Schluchzen zu unterdrücken.

Konnte mir meine Frage auch selbst beantworten: Rilke-Rock. Bestimmt war er hier, um Roman abzuholen (den hatte ich vorhin noch zusammen mit Lukas bei den Chips gesehen).

Hannes rieb sich über sein Gesicht. Dann drückte er sich von der Säule ab und schwankte zur *Treppe*. Ohne mich zu rühren sah ich ihm zu, wie er dort auf den Stufen zusammensackte. Aus den Boxen auf der anderen Seite der Halle wummerten die Bässe. Der Flur lag in Dunkelheit. Es war genau wie damals.

Ich begann zu zittern.

Hannes stützte die Ellbogen auf die Knie und den Kopf in die Hände. Einige lange Momente später blickte er auf. Mit bebender Stimme sagte er: »Nelly? Nelly, bist du hier?«

»Und wenn schon? Willst du mit mir reden?« Bitterkeit verengte meine Kehle. »Viel Glück dabei.«

»Nelly, wenn du hier bist, zeig es mir, bitte!« Wieder dieses unterdrückte Schluchzen, als könnte er sich kaum noch zusammenreißen. Seine Verzweiflung versetzte mir einen Stich. Ganz gegen meinen Willen. Ich ging zu der Ablage mit den Infoblättern. Blieb stehen. Streckte die Hand aus. Zögerte.

»Na schön. Versuchen wir es.«

Das oberste Blatt segelte zu Boden. Hannes starrte es an.

»Nelly?«, flüsterte er.

Ich nahm noch ein Blatt von dem Stapel und ließ es fallen.

»Nelly.« Jetzt schaffte er es nicht mehr, die Tränen zurückzuhalten. Lautlos liefen sie über sein gramverzerrtes Gesicht und tropften von seinem Kinn.

»Du bist es, nicht wahr? Das ist so verrückt. Oder vielleicht bin ich es ja … Trotzdem, ich – ich bin«, er holte tief Luft, »ich bin gekommen, um mich bei dir zu entschuldigen. Mir ist klar, dass man das, was ich getan habe, niemals verzeihen kann. Aber du sollst wissen, wie sehr ich es bereue. Es tut mir so schrecklich leid!« Er vergrub das Gesicht in den Händen. Ohne den Blick von ihm zu wenden, wartete ich.

Nach einer Weile fing er sich wieder und sprach weiter. »Wirst du mir zuhören?«

Erneut zögerte ich. Aber dann fegte ich doch ein Blatt vom Stapel.

»Danke. Das – das bedeutet mir viel, wirklich. Ich weiß, dass ich es nicht verdient habe.«

Noch ein Blatt segelte von der Ablage.

Unter Tränen entfuhr ihm ein trauriges Lachen. »Das siehst du auch so, ganz richtig.«

Mit seinem Ärmel wischte er sich über die Augen und sammelte sich für das, was ich eigentlich nicht hören wollte. Aber hören musste. Jetzt und hier.

»Dann schieß mal los«, wisperte ich.

Als hätte er mich verstanden, begann er: »An dem Abend damals, als die Fete in der Aula war, musste ich fürs Abi lernen. Das weißt du noch, oder?«

Unwirsch beförderte ich ein neues Blatt in die Luft.

»Ja, natürlich weißt du das. Ich hab dich so oft damit genervt. Damals hing für mich so viel von meinen Noten ab, ich wollte dir ja mal was bieten können. Darum habe ich gepaukt bis zum Umfallen. Mir ist der Stoff ja nie zugeflogen, wie manch anderen. Wie meinem Roman.«

Ein wehmütiger, zärtlicher Ausdruck erweichte sein Gesicht für einen Moment. Es brach mir fast das Herz.

»Und ich geb's ja zu, es hat mich unheimlich geärgert, dass du dich keinen Deut darum geschert hast. Dass du einfach deinen Spaß hattest wie immer.«

Ich legte den Kopf schräg. Keinen Deut …? Das war vielleicht übertrieben, aber so richtig wichtig war Schule zu Lebzeiten tatsächlich nie für mich gewesen (welch Ironie, ja ja, schon gut). Wenn man es so sah, klang es wirklich etwas gemein. Hatte ich ihn nicht genug unterstützt?

»Aber das Schlimmste war mein verfluchtes Misstrauen. Du hattest so Recht. Ich hätte dir vertrauen sollen.«

»Ja, hättest du mal.« Ich stand immer noch mit verschränkten Armen da. Gab mir selbst Halt.

»Und du hast mich sogar gewarnt, dass ich damit alles kaputt mache«, fuhr er fort. »Aber ich war so engstirnig, ich hab das nicht eingesehen, konnte den Gedanken nicht ertragen, dass du dich ohne mich amüsierst. Ich wollte dich bei mir haben, wollte dich festhalten.«

»Leider nicht im richtigen Moment.«

»Ich hab dich wirklich geliebt.« Die Worte schwebten im Raum. »Und ich konnte damit nicht umgehen. Heute ist mir das klar. Und an dem Abend damals, als Klaus bei uns anrief und sagte, er hätte dich am Rilke gesehen, da ist es mit mir durchgegangen. Ich war verletzt, weil ich mich ja auch für dich so angestrengt habe. Ich konnte nicht mehr klar denken.«

»Soll das etwa deine Entschuldigung sein?«, flüsterte ich unwillkürlich, ohne es so zu meinen.

»Das ist natürlich keine Entschuldigung«, sagte er, »ich will dir nur erklären, wie es zu all dem gekommen ist. Bist du noch da?«

Ich schnippte ein weiteres Blatt auf den Boden. Im Flur sah es schon fast so aus wie nach meiner Furien-Aktion bei unserer letzten Begegnung. Gut, dass wir durch die Säulen und Schatten vor neugierigen Blicken geschützt waren.

»Als du mir auf der Treppe entgegengekommen bist, wurde ich sauer. Und dann haben wir wieder über dasselbe wie immer gestritten und du hast mir ständig widersprochen, das hat mich so rasend gemacht und dann ...«

»Dann was?« Jetzt wurde es spannend. Schließlich kam er nun zu dem Teil, den ich nicht mehr klar in Erinnerung hatte.

Er seufzte. »Du – du hast gesagt, es sei aus. Endgültig. Da hab ich rotgesehen. Ich wollte dich doch auf gar keinen Fall verlieren! Ich hab dich gepackt, du hast dich gewehrt und wir haben gerangelt und uns weiter angeschrien. Und dann, ich weiß nicht, hast du mich plötzlich weggedrückt, ich musste mich am Geländer festhalten und in dem Moment hast du wohl das Gleichgewicht verloren und ich – ich konnte dich nicht festhalten! Es tut mir so unendlich leid.«

Wie betäubt stand ich da.

»Es war alles meine Schuld«, schluchzte er. »Ich hab noch nach dir gegriffen, aber es war zu spät. Oh, Nelly, was hab ich dir nur angetan?«

Er saß einfach da und weinte. Ich sah ihm dabei zu.

Sah ihm dabei zu, wie er litt. Irgendwann hielt ich es nicht mehr aus und setzte mich neben ihn. Federleicht strich ich ihm über das dichte Kraushaar, das ich früher so geliebt hatte. Allmählich beruhigte er sich. Oder vielleicht war er auch einfach zu erschöpft für neue Tränen.

»Das war die schwärzeste Nacht meines Lebens«, sagte er, »nie habe ich vergessen, wie du da gelegen hast, ganz blass auf dem kalten Stein und all das Blut um deinen Kopf … Ich sehe es jeden Tag vor mir. Jeden Tag.«

Damit hatte er sicherlich ein weitaus schlimmeres Leben geführt als ich seit damals. Zerfressen von Schuldgefühlen und Trauer.

»Ich bin rausgerannt, hab eine Telefonzelle gesucht und einen Krankenwagen gerufen. Aber dann … Dann konnte ich einfach nicht mehr zurück! Dich noch einmal so zu sehen … Ich war so ein verfluchter Feigling.«

»Nein. Ich versteh dich«, flüsterte ich. Und das tat ich wirklich.

»Nelly.« Seine Tränen waren versiegt und er wirkte auf einmal wieder ganz ruhig. »Verzeih mir bitte, wenn du kannst. Ich werde alles dafür tun. Ich stelle mich der Polizei. Ich werde alles aufgeben.«

»Was?« Ich sprang auf. Wut schoss in mir hoch. Das wäre ja noch schöner!

»Du bist ein noch größerer Esel, als ich dachte, wenn du meinst, *das* könnte mich glücklich machen«, schnauzte ich ihn empört an. »Du sollst dich gefälligst um deine Familie kümmern, deinem tollen Sohn ein guter Vater sein und ein schönes Leben führen! Fahr in Urlaub, sieh dir Welt an, *erlebe* was, um Himmels willen. Dafür ist das Leben doch da. Nicht für ewige Schuldgefühle!«

Natürlich hörte er mich nicht. Verdammt. Er dachte, ich würde ihm nicht antworten.

»Du hast Recht, ich darf es mir nicht zu einfach machen. Ich muss für meine Tat büßen …«

Frustriert schrie ich auf. Und verpasste ihm eine schallende Ohrfeige. »Sag mal, willst du mich denn nicht verstehen? Kennst du mich echt so wenig? Ich hab dich doch auch geliebt.«

Mein Schlag hatte gesessen. Hannes rieb sich verwirrt die gerötete Wange.

»Was willst du mir sagen?«, fragte er.

»Denk mal scharf nach!«, motzte ich.

»Soll ich denn nicht … dafür büßen?«

»Das hast du doch schon, mehr als genug. Und wofür auch, es war ein verdammter Unfall!«

Schnaufend fuhr ich mir mit beiden Händen durchs Haar. Vielleicht sollte ich Klara holen, um für mich zu übersetzen …

»Heißt das«, Hannes sah mich an, so voller Furcht und Hoffnung, dass ich hätte weinen mögen. »Du vergibst mir?«

»Ach Hannes …« Mit hängenden Armen stand ich vor ihm. »Du großer, dummer Kerl.«

Mein rechter Fuß stand auf einem der Infoblätter, das besonders weit geflogen war. Ich machte einen Schritt zur Seite und hob es auf. Mit großen Augen verfolgte er das (scheinbar) schwebende Blatt.

Noch ein kurzes Zögern. Dann hielt ich es ihm hin. Sein Atem stockte. Unendlich langsam hob er eine zitternde Hand. Kurz vor dem Papier verharrte er.

»Nelly, ich … ich habe das nicht verdient, ich –«

Bevor er seinen Satz zu Ende bringen konnte, schob ich ihm das Blatt in die Hand. Langsam hob er den Kopf. Und sah mich an. Genau in die Augen.

»Ich danke dir.«

Seine Finger griffen zaghaft zu und für ein paar Augenblicke hielten wir beide das Blatt fest. Dann ließ ich los.

»Vielen Dank, Nelly.«

In seinen schönen schwarzen Augen erkannte ich die Liebe, die er einmal für mich empfunden hatte, und etwas, das nach Frieden aussah. Zusammen hatten sie Trauer und Schmerz verscheucht. Vielleicht nur für diesen einen Moment. Aber es war ein Anfang.

TJA, UND DAS ENDE VOM LIED?

oder: All's well that ends well! (Muss man Shakespeare nicht einfach lieben?)

Klara geriet völlig aus dem Häuschen, als ich ihr später die ganze Geschichte erzählte.

»Warum hast du mich denn nicht geholt? Ich hätte doch helfen können!«

»Ach, ich glaube, es war besser so. Dass wir das unter uns geregelt haben.« Ich lächelte sie an. Überhaupt, mir war eigentlich die ganze Zeit zum Lächeln zu Mute. Irgendwie fühlte ich mich so … froh. Und leicht. Selig?

»Kann sein«, meinte Klara und legte den Kopf schief.

»Hannes hätte sich vielleicht geschämt«, gab ich zu bedenken. Und für Klara hätte es auch ziemlich nervenaufreibend werden können.

»Und jetzt?«, fragte Klara.

»Hm? Was meinst du?«

»Fühlst du dich jetzt irgendwie … anders?«

»Ja klar! Als wäre mir eine riesige Last von den Schultern genommen worden. Befreit, würde ich sagen.«

Mein Strahlen verblasste, als ich Klaras ängstlichen Blick bemerkte. Da dämmerte es mir.

»Ach, du denkst, ich würde jetzt verschwinden, ins Nirvana eingehen oder so?«

Widerstrebend nickte sie.

»So ein Quatsch! Ich bleibe schön hier. So schnell wirst du mich nicht los, keine Sorge.«

»Na ja, so ganz unwahrscheinlich wäre das nicht. Du hast doch jetzt sozusagen deinen Frieden gefunden, oder nicht?«

»Habe ich das?« Versonnen schaute ich aus dem Fenster. Wir saßen beide auf einer der breiten Fensterbänke im Kunst-Flur. In der Schule war es still geworden. Draußen rauschte der Wind in den frisch ergrünten Bäumen. Die Sterne funkelten. Es war die erste richtig schöne Frühlingsnacht des Jahres.

»Ich weiß nicht«, fuhr ich nach einer Weile fort, »ob ich den nicht die ganze Zeit schon hatte. Klar war ich einsam, bevor du mich sehen konntest. Aber nicht wirklich unglücklich. Oder unzufrieden. Eigentlich habe ich es doch gut hier, findest du nicht?«

»Schon. Nur …« Klaras forschender Blick ruhte auf mir. »Willst du denn für immer hier bleiben?«

Ich zuckte die Achseln. »Zumindest, bis ich offiziell siebzig oder achtzig bin. Das ist doch nur fair.«

Sie wirkte nicht sehr überzeugt. »Für alle Fälle werde ich in den Sommerferien mal ein paar Bücher zum Thema suchen. Besser, man informiert sich vernünftig.«

Ich schüttelte den Kopf. »Ach, Klara, du bist echt einmalig. Die beste Freundin, die sich ein Geist nur wünschen kann!«

Erstaunt sah sie mich an. »Ich dachte, du hast was gegen das Wort?«

»Na ja«, wieder zuckte ich die Achseln. »Man muss den Tatsachen ins Auge sehen. Sonst belügt man sich nur selbst. Es ist, wie es ist. Und immerhin–« Ich zwinkerte ihr zu, »bin ich ja nicht irgendein Geist. Ich bin der einzige und offizielle Schulgeist des ehrwürdigen Rainer-Maria-Rilke-Gymnasiums, der besten Schule der Stadt! Darauf kann man ja wohl stolz sein.«

Klara lachte und ich stimmte fröhlich mit ein.

Was Klaras Abend anging: Zwischen ihr und Ben war (natürlich) nichts gelaufen. Nicht mal Händchenhalten! Ein klein wenig enttäuscht war ich schon, zugegeben. Andererseits wäre Klara nicht Klara, wäre es anders gewesen.

Aber, kommt Zeit, kommt Rat. Manche Dinge brauchen eben etwas länger im Leben. Erst mal waren sie Freunde, auch eine gute Sache für Klara. Außerdem schien es im Bereich des Möglichen, dass sie in Zukunft etwas mehr Zeit miteinander verbringen würden. Der gute Ben hatte nämlich sein Interesse an Japan bekundet …

Die Osterferien (geprägt von weiteren *J-Pop*-Feten und Filmnachmittagen) und die Wochen danach (geprägt von einem Haufen Arbeiten und Tests, was sonst) vergingen wie im Flug. Aber (wie erwartet) lief alles glatt und Klara bekam ein Eins-a-Zeugnis.

Na gut, ein paar schöne Sachen gab es dann doch noch dazwischen. So lernte ich bei dem wirklich fabulösen Schulfest endlich auch Klaras Mutter kennen (quasi) und durfte Klara im von mir ausgesuchten Kleid erleben (ganz richtig – Kleid!). Ein sehr lustiger Wandertag (von dem ich immerhin einen Haufen Fotos zu sehen bekam) rundete das Schuljahr meiner Lieblingsklasse ab. Und urplötzlich standen die Sommerferien vor der Tür. Die ersten am Rilke, auf die ich mich richtig freute. Eine etwas späte, aber sehr schöne Premiere.

Bevor die Schule für den Sommer gänzlich eingemottet wurde, stand uns noch eine kleine Feier ins Haus: Die letzte Ausgabe der Schülerzeitung in diesem Jahr!

Das Heft mit dem schon lange geplanten Feature über sogenannte »auffällige« Schüler war ebenfalls sehr erfolgreich gewesen. Ohne Romans Namen auch nur einmal zu erwähnen, hatte sie sich dafür stark gemacht, in solchen Fällen genau hinzusehen und nachzuforschen, anstatt das Kind einfach zu bestrafen.

Mit lustig grüner Brause (dass es die immer noch gab!) stießen wir im Büro auf den Erfolg und den Abschluss an (ich als Spitzen-Quelle und quasi Ehrenmitglied war natürlich auch dabei).

»Bin ja mal gespannt, ob wir nächstes Jahr noch mal jemand Neues finden«, meinte Daniel.

Bisher hatte sich auf den Aushang und die schulweite Ankündigung noch niemand gemeldet.

»Wenn nicht, schlepp ich welche an«, sagte ich und Klara grinste in ihre Brause.

»Das wird schon«, meinte sie.

»Glaube ich nicht.« Elena, negativ wie eh und je. »Heutzutage zeigt doch niemand mehr Initiative. Die *chillen* lieber.«

Daniel und Klara guckten sich an und flöteten gemeinsam: »Ellie, du pauschalisierst schon wieder!«

Alle prusteten los, inklusive die gern mal pauschalisierende Elena.

Nachdem wir ausgiebigst gelacht und angestoßen hatten, wurde das Büro picobello aufgeräumt, alle rumfliegenden Notizen ins Archiv sortiert (oder weggeschmissen) und zuletzt die Tür ordentlich abgeschlossen.

So endete ein weiterer, wichtiger Abschnitt dieses Schuljahrs, das für uns alle so besonders gewesen war. Zu »uns alle« zählte ich übrigens auch Roman, aus dem seit dem Rilke-Rock ein deutlich fröhlicherer Junge geworden war. Zufällig hörte ich mit, wie er Lukas erzählte, dass sein Vater plötzlich wieder mit ihm spreche und sich sogar für sein Verhalten entschuldigt hatte. Seiner Familie hatte er gebeichtet, warum er immer so gegen das Rilke gewesen war. Natürlich nicht im Detail. Nur, dass er das Mädchen aus dem Artikel in der Schülerzeitung einmal sehr gern gehabt hatte. Von nun an würde er Roman unterstützen, wo er nur konnte. Die Jungs jedenfalls fanden es cool, dass Romans Vater mit ihrem Schulgeist gegangen war.

Tja. Ich musste mich wohl damit abfinden, eine Berühmtheit zu sein.

Am allerletzten Schultag schenkte Klara mir die neueste *Sphinx*-Ausgabe als Erinnerung.

Ich freute mich tierisch. »Waah, super, vielen, vielen Dank.«

Gemeinsam blätterten wir das 32 Seiten starke Machwerk durch.

»Ist gut geworden, nicht wahr?«, meinte Klara.

»Und wie! Bestimmt eine der besten *Sphinx* aller Zeiten. Und, du weißt, ich kann das beurteilen«, sagte ich und zwinkerte ihr zu.

Klara kicherte. »Wenn die Fachfrau es sagt.«

»Genau!« Da fiel mir was ein. »Einen Moment!«

In meinem Sammelsurium aus ausrangierten Lochern, Tackern und anderem Bürokram (inklusive einer Kollektion aus unzähligen Büroklammern, die einen Überblick über das Büroklammer-Design der letzten dreißig Jahre gab) wühlte ich nach einem Füller, in dem noch Tinte war.

»Hier.« Ich hielt ihn Klara hin. »Widmung, please!«

Mit einem Grinsen setzte Klara ihre Unterschrift über das Inhaltsverzeichnis und schrieb dazu: *Für Nelly, meine beste Freundin, von der ich das Wichtigste überhaupt gelernt habe*.

Ich war ganz gerührt. »Mensch Klara … Du wirst mir so fehlen.«

Ihren Sprachurlaub (Intensivkurs an einem wirklich tollen Institut) hatte ich bisher nach Möglichkeit ausgeblendet.

Sie lachte. »Du mir auch. Aber der Kurs ist ja nur in den letzten zwei Wochen. Und für die Zeit davor schwöre ich, dass ich dich so oft ich kann besuchen komme. Versprochen!«

Zwei Wochen völliger Stille konnten ganz schön lang sein. Und die Zeit davor war außerdem Sommer – SOMMER –, wo man draußen sein und mit seinen Freunden Spaß haben sollte (was sicher besser für Klara wäre, als mit mir hier rumzuhängen).

Puh. Nicht dran denken.

Ich hob die rechte Hand und krümmte den kleinen Finger. »*Yakusoku?*«

Behutsam hakte sie ihren kleinen Finger ein. »*Yakusoku!*«

»Hah! Hab 'ne tolle Idee: Du könntest mir Briefe schreiben!«

»Briefe?«, wiederholte Klara. »Wie das denn?«

»Na, du adressierst sie einfach an die Schule und ich fische sie heimlich aus der Post!« Ganz begeistert von meiner Idee dachte ich schon weiter. »Könnte nur schwierig werden, dir zurückzuschreiben. Hmmm … Vielleicht, wenn ich sie im Sekretariat unter die Ausgangspost schmuggele …«

»Stopp, Stopp, Stopp«, gebot Klara mir Einhalt. »Der Kurs dauert nur zwei Wochen, das lohnt sich doch gar nicht.«

»Wenigstens 'ne Postkarte«, bettelte ich.

Klara rollte mit den Augen. »Schauen wir mal.«

Nun kam meine Schmolllippe zum Einsatz. »Ich würde so gern mal wieder Post kriegen …«

»Ist ja gut, ich schreib dir ja!«

Ich zückte meinen Stift. »In dem Fall kriegst du natürlich auch eine feine Widmung von meiner Wenigkeit.«

Ich schnappte mir ihre Ausgabe der Sphinx, überlegte kurz und schrieb dann: *Für die einmalige Klara, meine beste Freundin in diesem (und jedem anderen) Leben! Deine Nelly.*

Darunter setzte ich noch meine Lieblingsworte von Fontane: *Dem Fröhlichen gehört die Welt, die Sonne und das Himmelszelt.* Und dazu: *Merken!!!*

»Das ist schön, vielen Dank«, freute sich Klara. Dann gluckste sie: »Wenn das einer von den anderen zu sehen kriegt! Eine Widmung von unserem Schulgeist!«

Wie immer brachte ich sie am Nachmittag zum Haupteingang. Ehe sie durch die Tür in den strahlenden Sonnenschein entfleuchte, hielt Klara inne und sagte: »Vorhin, das hab ich wirklich ernst gemeint. Du bist meine beste Freundin auf der Welt und das wirst du immer sein. Also, mach dir keine Sorgen, ich lass dich nicht hängen.«

Ihre Augen schimmerten vor Ehrlichkeit. Die goldene Glückswoge durchflutete mich wieder mal mit sprudelnder Freude. Ein kleiner Wermutstropfen wurde jedoch nicht weggespült.

Lächelnd sagte ich: »Ich hab das auch ernst gemeint: Du bist wirklich einmalig, Klara.«

Sie hob den Arm. »Darf ich?«

»Einen Versuch ist es wert«, antwortete ich.

Und ganz vorsichtig, damit sie nicht aus Versehen durch mich durchsauste, umarmten wir uns zum Abschied.

Durch das Glas in der Tür schaute ich ihr nach, bis sie in der Ferne verschwunden war. Sie war schon eine treue Seele. Ich wusste, dass sie alles so gemeint hatte. Und es machte mich sehr glücklich. Nur: Irgendwann würde sie weitergehen. Und ich würde hierbleiben. Leise seufzte ich. Dann wirbelte ich herum und stieß die Faust in die Höhe.

»Aber erst mal heißt es: SOMMERFERIEN!«

DANKSAGUNG

Ein ganz großer Dank gilt …

… all den guten und besten Freundinnen meiner Schulzeit, die diesen Abschnitt meines Lebens unvergesslich gemacht haben. Die schönen Erinnerungen bleiben für immer!

… den vielen fantastischen Lehrern, die ich hatte. Ohne sie wäre ich heute nicht da, wo ich bin.

… all meinen wunderbaren Freunden von heute, die sich mit mir über diese Chance gefreut und mich auf so vielfältige Weise unterstützt haben.

… meiner Lektorin Rebecca Wiltsch, die mit ihrem unerschütterlichen Optimismus, ihrem festen Glauben an Nelly und Klara und nicht zuletzt mit ihren vielen guten Vorschlägen dieses Buch erst zu dem gemacht hat, was es heute ist.

… Sabine, meinem Alphareader, ohne die ich vielleicht nie weitergeschrieben hätte, die mich immer motiviert und durch ihre kluge, konstruktive Kritik dazu beigetragen hat, dass ich mich über die Jahre verbessern konnte.

… meinen Eltern, die mir als Kind immer vorgelesen haben und damit – davon bin ich überzeugt – meine Liebe zu Geschichten begründet und meine Fantasie angeregt haben.

Anneka Driever

Buch zu Ende? Hier ist das nächste!

➳

Leseprobe

CHICKEN HOUSE
Emma Shevah
Amber
katastrophal genial

Fünf - Cinque - GO

Ich schloss meine Zimmertür und machte das Licht aus. Dann knipste ich die Taschenlampe an und fühlte mich gleich viel geheimnistuerischer. Und irgendwie auch ganz konzentriert, zielstrebig: Ich hatte eine Mission.

Ich zog die Schuhe aus und setzte mich auf mein Bett, in der Hand ein Blatt Papier mit irgendeiner uralten Skizze auf der Rückseite. Ich wollte den Brief erst mal vorschreiben und anschließend auf ein sauberes Blatt übertragen, denn ich würde ihn bestimmt nicht gleich im ersten Anlauf hinkriegen. Nach Schmierpapier musste man bei mir nicht lange suchen. Habe ich schon erwähnt, dass mein ganzes Zimmer vollgestopft ist mit Kritzeleien und Zeichnungen? Ich zeige sie niemandem, aber natürlich kriegt Mum die eine oder andere zu Gesicht, wenn sie putzt oder Klamotten wegräumt.

Ich zeichne eigentlich rund um die Uhr. Ich mache nichts lieber auf der Welt, aber es ist eine ziemlich persönliche Angelegenheit. Deshalb mag ich meine Bilder auch nicht herumzeigen. Das käme mir so vor, als würde ich die anderen damit um ihre Meinung bitten. Und dann brechen die sich womöglich einen ab und heucheln, wie gut sie ihnen gefallen und dass sie wahnsinnig gerne noch mehr sehen würden. Dabei ist es mir eigentlich ziemlich egal, was irgendwelche Leute darüber denken. Oder vielleicht ist es mir doch nicht egal – und ich mache deshalb so ein Geheimnis draus. Aber wie auch immer, was ich eigentlich sagen will: An Schmierpapier mangelt es in meinem Zimmer nicht.

Ich versuchte mich in die richtige Stimmung für den Brief zu bringen, indem ich meine Gedanken zu Dad schweifen ließ. Wie sonst sollte ich herausfinden, was ich schreiben sollte? Doch mein Kopf war völlig leer. Also holte ich das Foto aus dem Versteck unter der Schublade hervor. Vielleicht würde das meinem Gedächtnis auf die Sprünge helfen. Tat es aber nicht. Sosehr ich mich auch anstrengte, mir fiel einfach nichts zu ihm ein.

Zwar erinnerte ich mich vage daran, wie es war, ihn damals um uns zu haben, aber Details kamen mir nicht in den Sinn. Weder sein Gesicht noch der Klang seiner Stimme.

Ich erinnerte mich weder daran, wie er mit mir gespielt hatte oder zu irgendwelcher Musik durchs Haus getanzt war, noch an die Form seiner Hände. Oder daran, wie es sich angefühlt hatte, auf seinem Schoß zu sitzen.

Meine Erinnerung war nicht viel mehr als ein schemenhafter Umriss von ihm. Aber merkwürdigerweise fühlte sich das irgendwie gut an, fast wie eine kleine Rache: Alles, was mich an ihn erinnerte, war ein schnödes Foto. Und falls er nicht doch eines Tages zurückkam, würde es dabei bleiben.

Das war ja wohl wirklich nichts, worauf man als Vater stolz sein konnte.

Gewissermaßen hatte ich bei dem Brief also freie Hand und konnte Dad in den Mund legen, was ich wollte.

Ich warf mich auf mein Bett. Wenn ich dort lag und an die Zimmerdecke starrte, kamen mir immer die besten Einfälle. So wie die Idee zu leuchtenden Bleistiftminen für Leute, die spätnachts noch zeichnen wollen. Oder die zu einem blinkenden Schild für die Stirn, das je nach Stimmungslage die Farbe wechselt und deshalb nervige Nachfragen von Mitmenschen überflüssig macht. Auch meinen ganz persönlichen Zeichenstil habe ich auf dem Bett entwickelt. Er ist inzwischen eine Art Markenzeichen von mir geworden: Skizzen und Cartoons in einem bunten Neben- und Ineinander und oben drüber eine zarte Schicht Airbrush. Eine ganz neue Kunstform, die mich irgendwann weltberühmt machen wird, hundertpro. Künstler auf allen fünf Kontinenten werden mich lieben, weil meine brillanten Ideen ihnen das Leben erleichtern. Ich werde Millionen verdienen und mir als Erstes eine gläserne Zimmerdecke kaufen, damit ich von meinem Bett aus direkt in den Sternenhimmel schauen kann. Was mir natürlich noch mehr geniale Ideen bescheren wird.

Aber das nur nebenbei.

Nach ein paar Versuchen war ich zufrieden mit meinem Entwurf und kopierte ihn auf ein sauberes Blatt Papier.

Liebe Bella,

leider kann ich nicht zu Deiner Geburtstagsfeier kommen, weil ich auf einer geheimen Mission bin. Worum es sich dabei handelt, kann ich Dir nicht verraten, das wäre zu gefährlich. Nur so viel: Es hat etwas mit der Rettung des Landes zu tun

und ist deshalb ziemlich wichtig. Ich darf leider auch nicht sagen, wo ich mich aufhalte. Aber eines fernen Tages, wenn die Mission erfüllt ist, kann ich vielleicht zurückkommen. Vielleicht klappt es aber auch nicht, deshalb steigere Dich da mal lieber nicht rein.
Ich denke jeden Tag an Euch beide, und wenn ich könnte, würde ich Euch tonnenweise Geschenke kaufen und ein cooles Handy für Amber und solches Zeug.
Ich wünsche Dir einen schönen Geburtstag und drück Dich

Dad

Also, ich fand den Brief gut. Weil er nicht zu dick aufgetragen war. Und weil er Bella nichts vormachte, ihr nichts versprach. Es war einfach ein kleines Lebenszeichen von Dad, damit es ihr besser ging, ohne dass sie sich gleich Hoffnungen machte.

Ich faltete das Blatt, schob es unter mein Kopfkissen und legte mich wieder hin, ein Wahnsinnsglücksgefühl im Bauch.

Ich war echt genial.

Irgendwann würde man mir noch den Friedensnobelpreis oder eine Heldenmedaille oder so verleihen.

Ich war eine lebende Legende.

Ein *Chicken House*-Buch im Carlsen Verlag

Lektorat: Rebecca Wiltsch

Umschlagbild: Shutterstock/Anna-Mari West

Umschlaggestaltung: Henry's Lodge, Vivien Heinz

Layout und Herstellung: Tobias Hametner

Satz: Dörlemann Satz, Lemförde

Lithografie: Margit Dittes Media, Hamburg

Gesetzt aus der Corso Fairfield

Druck und Bindung: GGP Media GmbH, Pößneck

ISBN 978-3-551-52072-2

Printed in Germany

www.chickenhouse.de